Stefan Çapaliku

Le dernier anniversaire
Nouvelles

RL BOOKS
2022

Titre original :
Le dernier anniversaire

Traduction :
Edmond Tupja

ISBN 978-2-39069-006-1

© Stefan Çapaliku
© RL Books 2022 pour la traduction française

https://www.rlbooks.eu
admin@rlbooks.eu

Peinture sur la couverture :
Lekë Tasi, " Le van ", huile sur toile

Bruxelles, juin 2022

Stefan Çapaliku

Le dernier anniversaire

J'ai connu Anna tout à fait par hasard..........1

Les draps de lin.. 21

Mordre est un péché 33

Le suicide de l'après-midi..........................43

Un rêve américain 55

Le dernier anniversaire 65

RL BOOKS
2022

J'ai connu Anna tout à fait par hasard

1

J'ai connu Anna tout à fait par hasard. On sait qu'en général c'est le hasard qui nous fait connaître telle ou telle personne, mais, à ce propos, je dois rappeler qu'il existe aussi d'autres façons de faire la connaissance de quelqu'un, j'entends par là les cas où l'on pousse pour ainsi dire deux personnes à se connaître suivant un scénario.

C'est ce qui arrive souvent à un de mes amis, qui, après avoir localisé de loin les femmes qui l'impressionnent ou qui affectent le système délicat de ses sensations, s'intéresse à elles, se renseigne pour savoir comment elles s'appellent, quelles sont leurs habitudes et leurs passions. Ensuite, cet ami prépare des mises en scène telles que la connaissance qu'il fait de celle qu'il souhaitait connaître ressemble à un piège agréable non seulement pour lui, mais encore pour elle.

De toute façon, moi, j'ai connu Anna tout à fait par hasard, ce qui signifie que je ne l'avais jamais vue jusque-là et que j'ignorais son existence dans ce monde. Je veux dire dans notre petit monde. Il va de soi que je ne me rappelle pas quel jour j'ai fait sa connaissance, ni à quelle date. La date, je pourrais la retrouver avec précision, il suffirait que je consulte mon passeport pour voir quand j'ai obtenu mon premier visa français. Mais peu importe cette date. J'ai connu Anna un peu avant mon premier voyage à l'étranger. A l'époque, je venais d'être diplômé et je n'avais jamais quitté le pays.

Cela était si vrai que, quand j'ai appris à mon professeur de littérature moderne que j'allais partir pour Paris, il a pouffé de rire avant de me donner un seul conseil : « N'y perds pas la tête ! » C'était la première fois que quelqu'un attirait mon attention sur un danger éventuel menaçant ce que je considérais comme mon bien le moins vulnérable, à savoir mon esprit.

2

– Je m'appelle Viktor, ai-je dit et je lui ai tendu la main.

– Moi, c'est Anna, a-t-elle dit en me jetant un regard imprégné de la plus profonde indifférence qu'on puisse éprouver lorsqu'on regarde un homme de mon espèce. Quand je dis « de mon espèce », je n'entends pas mon aspect extérieur, mais une conduite et une éducation tout à fait normales.

Il est certain que je ne lui ai fait aucune impression. Voyant ma veste bleue digne d'un rond-de-cuir, ma cravate mince et mes cheveux en désordre comme après un long voyage, elle aura pensé que des provinciaux de mon acabit, il doit y en avoir des tas.

En fait, je n'ai jamais cru que le provincialisme soit une notion géographique, mais cela ne veut pas dire que les autres doivent être de cet avis. Or Anna, c'était Anna. Elle ne vous permettait jamais de lui rendre froidement la monnaie de sa pièce. C'est pourquoi j'ai commencé à rougir. Tout ce que je portais, vêtements et chaussures, me semblait laid, autant que mon visage qui était soit maussade, soit riant à l'excès. Ici, je me dois de vous révéler que je suis de ceux qui, quand ils se mettent à rire, montrent sans le faire exprès toutes leurs dents et quelles dents ! Grosses, jaunies par le tabac et le café.

Je me rappelle qu'au moment où j'avais perdu tout espoir de lier conversation avec Anna, elle s'est retournée pour me demander brusquement quand je devais partir. Je lui ai répondu que c'était le lendemain sans pouvoir ajouter rien d'autre, car elle m'a de nouveau montré son profil.

3

Aujourd'hui Anna est mariée et mère d'un garçon. D'après ce qu'on m'a dit, elle tâche de mener une vie paisible et il paraît que tout va bien pour elle. Travaillant dans une fondation de renom, elle touche un bon traitement et, de temps en temps, est sollicitée pour participer à d'importants festivals de chants lyriques. Elle n'a pas voulu être une cantatrice professionnelle, bien que Dieu l'y ait destinée. Je ne sais que dire, c'est peut-être, de sa part, une question d'anticonformisme.

Son mari, un jeune homme vigoureux, svelte et sportif, s'occupe de toute sorte d'affaires honnêtes pour autant que je sache.

Il va sans dire qu'Anna n'était pas mariée à l'époque où j'ai fait sa connaissance. Cela, j'en suis sûr et, probablement, elle n'était pas encore tombée amoureuse de son futur mari. Elle était tout simplement une jeune fille attrayante, plus grande que la moyenne, elle avait un cou long de cantatrice, de longues jambes aussi et, comme je l'ai appris par la suite, une langue longue dans l'acception physique du terme.

Elle appartenait à cette catégorie de filles qui donnent des complexes aux autres, c'est-à-dire de celles à qui on craint d'adresser la parole, tout désireux qu'on en soit. Cela n'arrive pas seulement aux messieurs comme moi, mais aussi aux voyous. Même ceux qui avaient l'habitude d'aborder n'importe quelle fille, se montraient hésitants en face d'elle. Bref, lorsque Anna passait sur ses talons, qui la faisaient paraître encore plus grande, le silence s'emparait de la rue bordée de cafés, de magasins et de taxis en stationnement. On n'entendait que le bruit rythmique de ses pas légers sur le trottoir.

4

Nous avons voyagé ensemble. La sensation que j'éprouvais dans l'avion s'est aussitôt mêlée à celle que me procurait Anna. Elle aussi, elle prenait l'avion pour la première fois de sa vie. A cause de mon sentiment d'apesanteur et de mon élévation au-dessus des nuages avec Anna, cette créature dont je n'avais même pas osé rêver jusque-là, je me suis senti oublié de tous ceux que j'avais vus et connus. « Ni vu, ni connu », ce titre d'un vieux film m'allait donc comme un gant.

Mais j'ai failli oublier de vous dire qu'Anna partait participer à un concours international de jeunes chanteurs lyriques organisé par l'Opéra de Paris, tandis que moi, je devais prendre part aux XIIIe Congrès des journalistes catholiques. Ce fait, ou plutôt l'épithète « catholiques », m'avait fait paraître un peu bizarre aux yeux d'Anna, apparemment parce que chez nous les lieux de culte venaient à peine d'être réouverts et qu'afficher librement son appartenance religieuse, et encore plus idéologique, n'était pas encore rentré dans les mœurs.

5

En tout cas, laissant pour l'instant de côté ce fait tellement ordinaire, comme l'est aujourd'hui un voyage en avion, je dois dire que presque dix ans plus tard, ma rencontre avec le mari d'Anna a été terrible.

Un beau matin, il a surgi brusquement devant moi, au moment où je sortais de chez moi pour me rendre à la rédaction de ma revue. J'avais oublié qu'il existait, ainsi qu'Anna, sur cette terre. Pourtant, il s'est offert à ma vue et, avec la plus grande arrogance qu'on puisse imaginer, m'a dit que j'avais été l'amant de sa femme ou de sa bonne amie (je ne m'en souviens pas exactement) et que pour, cette raison, il m'en cuirait.

J'en suis demeuré tout interdit. Le souffle coupé, j'ai rougi comme d'habitude et me suis mis à trembler de tous mes membres. Tout ce que j'ai réussi à dire c'est : « Moi ? » et rien d'autre, car il était déjà reparti. Mais même s'il était resté, cela n'aurait rien changé à ma situation. J'aurais été incapable d'articuler un mot de plus. Quoi qu'il en soit, il était reparti alors que retentissaient encore dans mes oreilles toutes rouges les mots « Ouais ! Tu vas voir de quel bois je me chauffe, et tu te le rappelleras pour le reste de tes jours. » Mon Dieu, j'ignore combien de temps il m'a fallu pour ramasser mes membres éparpillés par terre avant de poursuivre mon chemin.

6

J'ai poussé la porte de mon bureau et dit à ma secrétaire d'annuler tous mes rendez-vous, de ne pas répondre au téléphone et de m'apporter un grand bol de café. J'ai vidé ce dernier, qui m'a donné du punch, comme disait un de mes amis, et j'ai fumé quatre cigarettes l'une sur l'autre. Après cette séquence, qui a dû durer une bonne vingtaine de minutes, je me suis calé sur mon siège tournant en me creusant la tête pour savoir ce que j'avais bien pu faire avec Anna.

« Ce que j'avais bien pu faire avec Anna » s'est soudain mêlé à un sourire me glissant dans le cou, à une main me touchant légèrement à l'épaule et à la question : « Qu'est-ce qui t'arrive ? »

C'était ma secrétaire qui venait de rentrer à la dérobée dans mon bureau.

« Laisse-moi seul, s'il te plaît » lui ai-je dit. S'apercevant du peu de naturel qu'il y avait dans mon « s'il te plaît », elle est sortie, dépitée. Je ne sais pas, mais je n'ai jamais réussi à avoir avec les femmes les mêmes relations amicales qu'avec les hommes. Jamais, même si on m'a dit que c'était là un a priori entaché d'erreur et qu'avec elles on pouvait très bien avoir des relations amicales aussi bonnes qu'avec les hommes. Sornettes, sornettes que tout cela, je n'y crois donc pas et vous prie de m'en excuser.

7

Quand nous sommes descendus d'avion à l'aéroport Charles de Gaulle, Anna, qui avait une grosse valise remplie de costumes pour son concourt, m'a demandé de l'aider à la porter et je me suis tout naturellement montré prêt à le faire. Ce soir-là, nous nous sommes attardés et, lorsque nous avons enfin quitté l'aéroport, aucun de nous ne savait comment faire pour prendre le R.E.R. ou l'autobus d'une ligne quelconque. Comme toujours, dans des cas pareils, nous avons choisi le chemin le plus court et le plus coûteux : nous avons pris un taxi qui nous a déposés à l'entrée d'un petit hôtel à côté de la place d'Italie, où les organisateurs du concours avait retenu une chambre pour Anna.

Pendant qu'Anna faisait les formalités habituelles à la réception, j'observais du coin de l'œil son corps courbé et je pensais que c'était fini, que je ne la verrais plus. Maintenant elle allait s'occuper d'elle-même, de son concours, de ce qu'elle aurait envie...

Mais voilà que, tout à coup, elle a tourné la tête vers

moi et sa question « Tu as déjà réservé une chambre dans un hôtel ? » m'a pris au dépourvu.

– Je ne crois pas. Je n'ai aucune idée, lui ai-je répondu.

Qui sait à quel point elle a dû trouver bizarre ma réponse. Cela, je l'ai senti et j'ai voulu m'en aller en lui disant au revoir, mais elle m'a arrêté en me touchant légèrement au bras.

– Attends, m a-t-elle dit, il y a peut-être une chambre de libre même ici.

8

Yvonne, la gérante de l'hôtel, qui avait un air de demi-mondaine à peine au-dessus de l'âge de la retraite, a aussitôt pris la situation en main : elle a quitté la réception et, d'un pas de ballerine, s'est approchée pour me demander si elle pouvait faire quelque chose pour moi, naturellement pas au même prix que pour la chambre d'Anna, qui l'avait réservée longtemps à l'avance ; en tout cas, je serais toujours bienvenu à son hôtel.

J'ai gardé le silence. Je ne comprenais pas du tout ce qu'elle avait voulu dire par « pas au même prix que » et, d'instinct, j'ai touché discrètement mon portefeuille.

– Vous pourriez partager la même chambre, si vous voulez. Ce serait très pratique, m'a-t-elle expliqué d'une voix altérée, comme quelqu'un qui connaît bien la tournure que prennent soudain certaines choses.

Mais s'opposant à sa suggestion, Anna est aussitôt intervenue :

– Nous voulons chacun une chambre à part, a-t-elle dit avant de se lancer dans l'escalier comme si elle était poursuivie.

9

Ensuite, je ne sais pas exactement pour quelle raison,

je suis allé voir mon ami qui prépare des mises en scène quand il s'agit pour lui de connaître une femme. Je lui ai raconté tout ce qui m'était arrivé le matin même avec le mari ou l'amant d'Anna. Au début, mon ami a ri, puis, apparemment, une question, la plus dramatique du monde, lui a traversé l'esprit à la vitesse de l'éclair :

– Quel âge a le fils d'Anna ?

– Quel âge a le fils d'Anna ? Et comment veux-tu que je le sache, moi, quel âge il a ?

Mais, après avoir fait mentalement le plus simple des calculs aussi vite que le permettent des situations pareilles, je lui ai dit, très irrité :

– Tu es complètement idiot !

– Bon, bon, d'accord, a-t-il repris. Ne te fâche pas. Tu sais ? Chaque fois que les couples ont des problèmes ou connaissent une période de crise, ils cherchent à en rendre responsables les autres. Qui sait ce qui lui a pris, à ce pauvre mec ! Une photo de toi dans le tiroir d'une vieille table de nuit d'Anna, une lettre écrite imprudemment... ou bien... qui sait ? ... l'instinct... l'instinct réveillé avec du retard... c'est tout. Rien de plus. Ne t'en fais pas.

10

Le hasard a fait que nos chambres étaient l'une à côté de l'autre dans ce vieil hôtel d'une époque plus ou moins révolue, à laquelle semblait appartenir Yvonne aussi. On sentait que c'était un édifice aménagé en hôtel. J'en ai eu la preuve le lendemain, quand je me suis aperçu que, derrière la grande glace du portemanteau, il y avait une vieille porte, certes condamnée, mais qui donnait sur la chambre qu'Anna occupait pour le moment.

Je crois avoir dit cela à Anna. Je le lui ai dit pendant que nous prenions notre petit déjeuner sous le regard de chat gris d'Yvonne. Sûrement en proie aux émotions dues à son concours, Anna n'a fait que sourire aussi gentiment que possible.

– Aujourd'hui il y aura une première sélection, a-t-elle dit comme s'il elle voulait me laisser entendre que je l'embêtais avec des observations semblables ; puis, elle s'en est allée sans avoir terminé son petit déjeuner. Bon, elle n'avait pas tort.

Quant à moi, j'avais un tout autre emploi du temps. J'étais libre. Mon congrès avait commencé ses travaux, je m'y étais présenté, j'avais touché mon perdième et je ne me sentais pas obligé d'aller dans cette grande salle remplie de gens venus de tous les pays du monde. Je m'y serais senti de trop, même si le pays que je représentais pouvait éveiller une certaine curiosité et que quelqu'un pouvait souhaiter me voir prendre la parole. De toutes façons, je ne m'en souciais guère. Nous, Albanais, jusqu'à récemment encore, nous avions brillé tout le temps par notre absence. Pourquoi pas moi aussi pendant quelques jours ?

J'aurais du me lever de table, à peine Anna sortie.

11

– Je ne me souviens pas de m'être fait photographier avec Anna. Ni elle, ni moi, nous n'avions à l'époque d'appareil photo. Je me souviens encore moins d'avoir commis l'imprudence de lui écrire.

– Peut-être bien, mais tu te rends compte que, quels que soient leurs rapports, ce n'est pas pour rien qu'il s'en est pris à toi. Ce n'est donc pas un effet du hasard. Pourquoi ne s'en est-il pas pris à moi ?

Je me suis senti nerveux. Ce que je n'étais pas arrivé à dire ce matin-là au mari ou à l'amant d'Anna, je pouvais le dire ouvertement à ce raseur, sans aucun doute.

– Ecoute-moi bien, imbécile, ai-je crié. Tu comprends enfin que je n'ai rien à voir avec cette histoire ? Nous nous sommes connus par hasard et c'est par hasard que nous avons fait le même voyage à Paris. Quand ? Il y a dix ans. Un point, c'est tout. Ça, tu le comprends, non ? C'est tout. Et voilà qu'aujourd'hui une armoire à glace me barre le chemin et cherche à décharger sur moi tous ses soucis.

– Bon alors, il serait donc fou et dans ce cas tu n'as pas à t'en faire. Il y a des structures spécialisées qui s'occupent des fous. Au fond, s'il t'embête encore une fois, dénonce-le à la police et ce sera fini… Maintenant je m'en vais parce que je n'ai pas le temps d'écouter tes bêtises. Passe-moi un coup de fil, m'a-t-il avant de me quitter.

12

Yvonne n'avait pas eut trop de mal à deviner ma situation après le départ précipité d'Anna. Elle m'a regardé longuement avant de s'approcher pour desservir la table.

– Etes-vous déjà venu à Paris, jeune homme ? m'a-t-elle demandé.

– Eh bien, non ! lui ai-je répondu. Je n'avais même pas mis les pieds à l'aéroport de mon pays avant de venir ici.

– Je dois alors vous dire en quelques mots que Paris n'est pas une ville pour les solitaires. D'après ce que j'ai cru comprendre, vous serez ici encore demain et après-demain et c'est là un temps très précieux pour vous.

Ses mots venaient de me piquer au vif. D'une certaine manière, cela, je l'avais senti dès mon premier contact avec cette ville, pendant que je regardais à travers les vitres de mon taxi les rues, les bars, les magasins et les gens. Toutefois, il restait encore quelque chose d'indéchiffrable. Ce que j'éprouvais s'était matérialisé brusquement dans l'envie qui m'avait pris de rendre tant soit peu service à Anna, c'est-à-dire à moi-même également.

– Vous avez parfaitement raison, madame, lui ai-je dit et j'ai décidé une fois pour toutes de ne plus assister aux travaux de mon congrès.

J'ai pris un plan de Paris à la réception et j'ai demandé à Yvonne de me recommander un endroit où je pouvais tromper ma solitude.

– Eh bien ! Si mademoiselle est occupée et rentre probablement tard, je pense que vous auriez intérêt à aller faire un tour du côté de la rue Saint-Denis. C'est cette rue-là, a-t-elle conclu en tirant un trait avec son crayon sur mon plan de Paris.

13

C'est ma secrétaire qui m'a appelé pour que je réponde au téléphone, en dépit de ma prière de ne pas me déranger.

– Cela fait plusieurs fois qu'un monsieur nommé Alban vous téléphone. Il me dit avec arrogance que ce serait dans votre intérêt de poursuivre la conversation interrompue ce matin.

Mon Dieu, me suis-je dit, c'est de nouveau lui, l'ami d'Anna. Que diable me veut-il ? Il aurait mieux fait de demander des comptes à sa femme. Je n'y suis pour rien, moi, dans cette histoire.

– Dites-lui que je suis parti en mission et que je m'absenterai pendant deux ou trois jours.

Ensuite j'ai eu comme un nœud dans la gorge et je me suis senti fiévreux comme un homme battu. C'est dans cet état que je suis sorti pour rentrer chez moi. Je savais que ma femme était à son travail, les enfants à l'école, que c'était donc le meilleur moment pour rester seul avec mon moi, à ma manière à moi, en somnolant. Je savais d'expérience que la somnolence, cet état intermédiaire entre la veille et le sommeil, était la meilleure thérapie pour retrouver ses esprits. Dans une dizaine d'occasions, j'avais ainsi réussi à chasser mon angoisse.

Je marchais en me répétant mentalement les mots que j'avais voulu dire à ma secrétaire : « Il aurait mieux fait de demander des comptes à sa femme. » et « Je n'y suis pour rien, moi, dans cette histoire. » Mais pourquoi les lui dire ? Quels comptes devait-il demander à sa bonne amie ? Qu'avions-nous fait, elle et moi, pour que je sois mêlé à cette affaire ? La tête retentissante de ces questions, je suis rentré chez moi et je me suis couché.

14

Je n'ai pas eu de mal à trouver la rue Saint-Denis. Je n'arrivais pas encore à comprendre ce qu'Yvonne trouvait d'intéressant à cette rue, lorsque quelqu'un m'a saisi par le bras.

– Monsieur, là, à l'intérieur, il y a une fille de seize ans, une Philippine, qui a un joli cul rond et ferme.

Je me suis figé sur place. Je ne comprenais rien. Ce que je n'avais pas compris en fait, c'était le mot « cul ». La connaissance que j'avais du français n'était pas encore descendue si bas, je veux dire jusqu'au mot « cul », sinon je n'aurais pas eu l'air idiot ni n'aurais demandé qu'on me répète la même phrase.

– Monsieur, vous trouverez là une fille merveilleuse, toute prête à s'offrir à vous.

J'ai enfin compris de quoi il s'agissait et, m'esquivant poliment, j'ai poursuivi mon chemin. Mais, malheureusement, quelqu'un d'autre est sorti d'une porte pour me faire presque dans les mêmes termes la même proposition. J'ai continué à marcher en me disant que si j'étais abordé de la sorte encore une fois, je changerais de direction. Puisque cela m'est arrivé presque aussitôt, j'ai été contraint de faire demi-tour.

J'ai pressé le pas sans regarder ni à gauche, ni à droite et personne ne m'a plus importuné. « Une fille prête à s'offrir à vous. » L'adjectif « prête » m'a renvoyé tout de suite à mon enfance, précisément au bout de la ruelle que j'habitais, où il y avait un magasin alimentaire. Je me souviens très bien de ce magasin et des poulets rôtis à emporter que je caressais du regard. C'était des poulets à la peau rissolée, rôtis qui sait quand, exposés derrière la vitre d'une grande armoire frigorifique, mais qui me faisaient venir l'eau à la bouche.

— C'est chiant, me suis-je dit, en m'apercevant que mon pantalon s'était gonflé devant.

15

J'étais parti en proie à une peur que je n'avais jamais éprouvée jusque-là. Je me rappelle que la veille de mon départ, j'avais eu, à l'archevêché de ma ville, une entrevue avec Dom Silvestre, le curé de notre paroisse. C'était un vieux prêtre, de ceux qui avaient passé la plus grande partie de leur vie dans les prisons de la dictature communiste et en relégation. Il avait étudié à Paris pendant la seconde guerre mondiale et il était, à mes yeux, un des hommes les plus sages de son temps, profondément modeste et très érudit. Apparemment, il connaissait bien l'importance que revêtait la présence, à un congrès international de journalistes, d'un représentant de l'Albanie, dont la connaissance si vague qu'on avait à l'étranger pouvait créer des situations inimaginables.

Avant de me dire au revoir, il m'a suggéré de jeter un

coup d'œil au dernier livre du pape Jean-Paul II, paru à l'occasion du centenaire de la célèbre encyclique Rerum Novarum et qu'il m'a offert. J'ai accepté avec plaisir et voulu lui tendre la main, mais il m'a arrêté. Il a mis sa main dans la poche intérieure de sa soutane et en a sorti un billet de cent dollars.

– C'est pour avoir un peu d'argent de poche, m'a-t-il dit, pour boire un café, mais n'oublie pas de faire honneur à ton pays.

16

Anna est rentrée à l'hôtel vers huit heures du soir. Je l'attendais dans le petit hall, alors qu'Yvonne, toute seule dans un coin, tirait sur son fume-cigarette de chanteuse de cabaret.

– Bonsoir, a dit Anna à mi-voix avant de demandé à Yvonne la clé de sa chambre.

– Bonsoir, Anne, lui ai-je dit, moi aussi, à mi-voix. Et ton concours ? Tu ne nous en dis rien ? Comment ça s'est passé ?

– Mal, m'a-t-elle répondu en arrachant presque sa clé des mains d'Yvonne, comme si ç'avait été de la faute de celle-ci. Mal, je n'ai pas réussi, j'avais le trac....

– Attends, Anne, attends, s'il te plaît.

J'ignore pourquoi, tout à coup, je m'étais mis à l'appeler « Anne », peut-être parce qu'elle paraissait pâle, ce qui s'expliquait par le fait que les noms se terminant en « a » m'avaient toujours semblé devoir être portés par des personnes resplendissantes de santé.

– Qu'est-ce qu'il y a ?

– Et si on faisait un petit tour le long de la Seine, lui ai-je proposé d'une voix douce, à moins... à moins d'aller boire quelque chose dans un café ?

– Tiens ! Mais pourquoi pas, au fond... Attends-moi

une petite minute, a-t-elle conclu d'une voix très basse, comme si elle craignait qu'Yvonne ait fait une licence d'albanais.

17

Elle avait changé d'aspect. Elle avait mis un pantalon en jean bleu et un chemisier blanc à col brodé de bleu. Cela rendait encore plus onirique son allure, surtout le long de la Seine.

Dans le métro, ce n'était plus pareil. A cette heure-là toutes les stations étaient noires de monde à cause de quelque mouvement de grève ou qui sait pour quelle raison, et il nous a fallu, bon gré, mal gré, nous serrer l'un contre l'autre dans la dernière voiture du premier train qui s'était arrêté. Il y avait longtemps que je ne m'étais pas trouvé dans une pareille situation. Un homme large d'épaules poussait Anna vers moi, même s'il n'avait pas l'air d'être de ceux que les foules peuvent emporter avec elles. Bravo, bonhomme, lui disais-je intérieurement, vas-y ! Mais comme cela arrive souvent, cette situation imprévue avait surpris mon sexe dans une position peu convenable et je ne pouvais absolument rien faire pour y changer quoi que ce soit, c'est-à-dire qui puisse en valoir la peine.

18

C'est le coup de téléphone de mon ami qui m'a arraché pendant quelques instants à mon assoupissement.

– Si je te téléphone, c'est qu'on s'est quittés de façon en peu brusque ce matin, m'a-t-il dit, et ça m'a fait drôle. Mais ensuite l'idée m'est venue que nous pourrions déjeuner hors de la ville. Ça te dit ?

– Non, non, je ne peux pas, je suis fatigué.

– Pas tant de chichis, espèce d'adolescent incorrigible,

journaliste médiocre. Lève-toi, secoue-toi, Viktor !

Et tout cela m'a été dit sur un ton qui avait quelque chose d'un ordre et d'une supplication à la fois.

J'ai pensé raccrocher aussitôt, mais, bon, je n'ai pas voulu le contrarier outre mesure.

– Non, non, je dois rester chez moi, je dois finir mon article de demain. Salut, et j'ai raccroché pour me tourner de l'autre côté et pour terminer ma cure de sommeil.

19

Ç'a été sans nul doute une des nuits les plus formidables de ma vie. Je dois avouer que je n'avais jamais eu jusqu'alors l'occasion d'assister au réveil d'une ville, d'une grande ville, d'une capitale, d'un... d'un... continent. Il devait être plus de cinq heures quand l'aube a commencé à se lever. J'ai vu s'éclairer les fenêtres des maisons et s'éteindre les lumières des rues. Nous nous trouvions quelque part sur la place de la Concorde. Je me sentais extrêmement fort, fier et prêt à toute autre aventure semblable à celle que j'étais en train de vivre.

Comme vous pouvez vous en douter, Anna s'était donnée à moi. Nous avions bu de la bière, puis du cognac, ensuite encore de la bière, du calvados et, à la fin, alors que rien n'a plus de goût pour celui qui boit, j'avais fait un geste chevaleresque digne d'un provincial en demandant au garçon une bouteille de vin de collection. Plus tard, j'ai su qu'avec cette bouteille-là, j'avais épuisé tout mon argent, et le perdième de mon congrès, et les cent dollars de Dom Silvestre. Mais peu importait. J'étais avec Anna. J'avais tant de fois couvert de baisers son cou long jaillissant de son col brodé de bleu, et elle avait eu les larmes aux yeux contre ma poitrine fort peu masculine.

Lorsque, après avoir quitté notre hôtel, nous avons donc atteint la place de la Concorde, l'idée m'a pris par pur instinct de la soulever et de la porter dans mes bras. Mon Dieu, comme j'avais de bonnes jambes ! Je la portais ainsi et je marchais. De temps à autre, je l'appuyais légèrement contre un mur quelconque et je l'embrassais sur ses grands yeux (ils étaient bleus au point du jour).

Elle se sentait bien et se plaisait à être portée de la sorte. Elle ne m'a pas demandé de la déposer sur le sol jusqu'au moment où, derrière notre dos, s'est levé un grondement, vite devenu un rugissement de fauve affamé dans sa forêt. C'était une énorme moto sur laquelle avaient pris place, qui sait comment, deux jeunes gens et deux jeunes filles. Quel hurlement ! Des voix humaines mêlées au vrombissement assourdissant du moteur et au crissement des pneus sur la chaussée. J'en ai eu peur et j'ai déposé Anna doucement par terre.

20

Les yeux d'Yvonne se sont illuminés de joie quand elle nous a vus pousser la porte de l'hôtel vers sept heures du matin. Nous étions tous les deux comme dans un état second et, à part le vrombissement de la motocyclette mêlé aux cris humains et au crissement des pneus sur l'asphalte, rien ne pouvait plus nous impressionner et Yvonne encore moins.

Là, la pellicule de ma mémoire se rompt. Je ne sais plus si Anna et moi, nous sommes montés ensemble dans sa chambre ou dans la mienne, ou bien si chacun a gagné la sienne, ou encore si chacun est rentré dans la chambre de l'autre. Parfois je crois que je suis rentré dans ma chambre, puis, me réveillant et ne voyant pas Anna à mes côtés, je n'ai pas hésité une seconde, j'ai enfoncé la porte derrière la glace du portemanteau.

J'ai dû enfoncer cette porte-là, car ç'avait été presque une idée fixe dès le début et les idées fixes, on a du mal à trouver une occasion pour les matérialiser.

Moi, je l'avais trouvée, cette occasion.

21

Cela est peut-être vrai, car, quand j'ai déplacé le lourd portemanteau avec sa glace, juste avant de prendre mon élan pour enfoncer la vieille porte, celle-ci s'est ouvertement doucement et j'ai trouvé dans l'autre chambre Yvonne étendue sur le lit d'Anna, avec, sur elle, son linge intime noir, sa gaine mince et ses bas également noirs. Elle n'a fait que me sourire en me disant que j'étais un mâle intéressant, peut-être même merveilleux.

Oui, Yvonne n'avait pas du tout vieilli. C'était une de ces femmes qui ne vieillissent jamais, chez lesquelles l'amour produit l'effet d'une eau de jouvence. Bien en chair, elle avait une admirable faim sexuelle.

Je suis demeuré sur le pas de la porte, déçu d'avoir dépensé tant d'énergie pour enfoncer une porte ouverte. Mon Dieu, pardonnez-moi, mais… je ne sais pas, je vous jure que je ne sais pas pourquoi, à l'instant même, j'ai pensé à Dom Silvestre avec sa soutane noire et à ses paroles imprégnées de piété filiale : « Fais honneur à ton pays ! »

22

Quelque chose a dû se passer pendant que je somnolais, bien que j'ignore de quoi il s'agit. Non, ce n'était pas un rêve. Je connais la sensation que procure un rêve même quand je ne me souviens plus d'avoir rêvé. C'était peut-être quelque chose d'autre, peut-être semblable (pourtant, je n'en suis pas sûr) à ce qu'on éprouve quand on oublie de veiller sur l'enfant qui dort à vos côtés, sur le bébé qui, la veille, n'avait cessé de toussoter alors que, curieusement, vous avez omis de vous lever la nuit pour voir s'il n'avait besoin de rien.

Je secoue ma somnolence, me souviens aussitôt de ce que je n'ai pas fait, m'en veux à l'idée de ne m'être pas réveillé plus tôt et pousse un cri intérieur : Anna !

C'est la parole que je prononce. Puis, je me rends compte qu'il ne faut pas que je me fasse de souci. Elle n'a pas dû passer la nuit dans ma chambre, me suis-je dit. Elle doit dormir encore dans la sienne et n'a pas toussoté la nuit.

23

Apparemment, les coups frappés à ma porte, les coups de sonnette aussi et les appels de quelqu'un dehors m'avaient tiré de mon assoupissement.

Je me suis redressé en sursaut. Au début, je ne comprenais pas ce qui se passait. Je restais assis sur mon lit, immobile et rien d'autre. Par la suite, je ne sais pas quand, coups et appels se poursuivant, je me suis aperçu que c'était à ma porte qu'on sonnait et frappait en même temps, que c'était moi qu'on appelait. Je me suis levé et j'ai collé mon œil au judas. C'était un homme que j'ai vu. Un homme ou un gars d'environ trente-cinq ans, qui souriait gentiment comme tous ceux qui, après avoir frappé à votre porte, attendent patiemment, certains que vous êtes là et acceptant de bon cœur le jeu de votre retard, puisque vous mettez du temps à ouvrir.

J'ai enfilé mon pantalon en faisant un peu de bruit pour que l'autre sache que j'allais enfin lui ouvrir. C'était un inconnu qui portait des lunettes de vue.

– Bonjour ! C'est vous, Viktor ?

– Oui, c'est moi.
– Je suis Alban, m'a-t-il annoncé d'une voix douce.
– Alban ?
– Oui, le mari d'Anna... Vous vous souvenez d'elle, n'est-ce pas ?

J'ai dû prendre un air tellement idiot, comme ceux qui sortent d'une séance d'électrochoc, qu'il s'est senti obligé de recommencer d'une voix encore plus douce.

– Je rentre de Paris, m'a-t-il dit, c'est la première fois que je retourne dans le pays depuis dix ans et je vous ai dérangé juste pour vous transmettre les amitiés d'Anna. Elle pense souvent à vous. Savez-vous ce qu'elle dit ? Elle dit qu'elle n'aurait jamais gagné son concours si elle n'avait pas voyagé avec vous. Vous lui avez porté bonheur, tout simplement.

Et il a ri.

J'ai senti un sourire m'effleurer les lèvres encore frémissantes.

– Ah, oui ! J'ai aussi quelques photos pour vous. Anna n'a pas pu vous les envoyer plutôt.

Il a sorti une enveloppe de sa serviette et s'est empressé de l'ouvrir.

– Parfois c'est mieux quand on les reçoit avec du retard. Là, vous êtes en train de prononcer un discours quelque part, au cours d'une conférence.

Et, de nouveau, il a ri.

Les draps de lin

1

Je devais absolument finir ma thèse de fin d'année. Le professeur Thomas me voyait presque chaque jour ou bien il m'envoyait dans ma chambre Simon, son assistant. Moi aussi, chaque jour, je me sentais mal à l'aise parce que je n'arrivais toujours pas à rédiger ma thèse comme j'aurais voulu le faire. A vrai dire, mon professeur m'avait dit dès le début, en y insistant, que je devais mieux délimiter le domaine de mon travail de recherche et que le sujet de thèse que je lui avais proposé pouvait se révéler plus embarrassant qu'il n'y paraissait. Et il avait eu raison. Mon champ de recherche était horriblement vaste : « La culture albanaise et les défis de son ouverture. » Mon Dieu, aidez-moi ! Aidez-moi à venir au bout de mon entreprise ! Qu'allais-je donc faire dans cette galère ?

Mais, apparemment, tout cela était arrivé parce que j'étais dedans jusqu'au cou, en d'autres termes, mon sujet de thèse aurait été « Emmanuel Lecon et les défis de son ouverture », que rien n'aurait changé. C'était en 1993 et les idées qui me traversaient l'esprit avec la rapidité de l'éclair me poussaient vers d'étranges aspirations, comme, par exemple, le désir de prouver aux étrangers que les Albanais aussi sont quelqu'un, qu'eux aussi ont tout le potentiel humain nécessaire pour être à la hauteur de l'époque actuelle, ainsi que d'autres grandes rêveries enflammées.

Certes, l'ouverture de mon pays avait été une des merveilles de ce monde. Cela, je n'en doutais guère. C'est pourquoi je me sentais bien, fier et très capable de me lancer dans une entreprise telle que la rédaction de ma thèse.

N'oubliez pourtant pas que le mot « culture » est un des deux ou trois mots les plus compliqués de ce monde, m'avait dit le professeur Thomas lors d'une conversation à la cafétéria de l'université.

A l'époque, je n'avais pas réussi à comprendre le fond de sa pensée. J'étais tout feu, tout flamme dans mon désir d'affronter tout ce que je savais sur la culture de mon pays et, comme je l'ai déjà noté, je m'y suis lancé à corps perdu.

2

Je me trouvais donc dans une situation très difficile. Sentant que je n'avais plus rien à ajouter à ma thèse, j'en ai remis le manuscrit à Simon vers quatre heure de l'après-midi butoir alors que, comme Simon me l'avait dit, le professeur Thomas avait perdu tout espoir de me voir figurer au nombre de ceux qui allaient soutenir leur thèse pour obtenir le titre de « Master ».

Le professeur Thomas était un juif tchèque, un des membres de la communauté juive de Prague, dont les rangs s'éclaircissaient de jour en jour. Là aussi, les juifs continuaient à retourner en Israël et, comme le faisait remarquer mon professeur, il y avait des risques pour que, bientôt, il ne reste plus de jeunes juifs pour accompagner les vieux à leur dernière demeure. Toutefois, mon professeur était de ceux qui, ayant vu beaucoup de pays, ne mouraient pas d'envie d'aller à l'étranger.

J'admirais cet homme, j'admirais sa liberté d'esprit,

sa façon de se livrer à des supputations, son anglais archaïque et, notamment, ses brusques sorties, un appareil photographique à la main, de l'appartement d'Anna.

Quant à Simon, il était différent, c'était un Roumain dont les incisives vous rappelaient celles d'un lapin ; il venait toujours en retard aux conférences du professeur Thomas, une tasse de thé à la main, prêt à nous traduire, à nous, ses étudiants, ses idées formulées dans un anglais moyenâgeux.

– Oui, a dit Simon, je le remettrai aussitôt au professeur. Ensuite, depuis l'antichambre, il a crié à tue-tête : Monsieur le professeur ! Il l'a enfin apporté !

J'ai cru être devenu presque un messie en l'entendant crier de la sorte, et je me suis enfui à peine était-il rentré dans le cabinet du professeur Thomas.

3

Aujourd'hui encore je ne comprends pas comment cela est arrivé, mais c'est bel et bien vrai. Mon nom figurait sur la liste des meilleurs étudiants choisis pour préparer un condensé de leur thèse qu'ils devaient présenter en aula magna.

Tout cela aurait lieu une semaine plus tard et il me faudrait donc poursuivre mon travail de moine juste au moment où les autres étudiants goûtaient comme jamais auparavant la bière, le jambon, les promenades et les blondes de Prague. J'ai serré les dents et je me suis résigné.

– Oui, ai-je dit au professeur Thomas, je ferai cela aussi.

Il a ri, je ne l'avais pas encore vu rire de cette façon-là, de bon cœur.

4

Je me rappelle que l'aula magna était comble et que je devais prendre la parole le quatrième, après un Autrichien, une Hongroise et un Estonien. Ces trois-là ont vite fait, dans un bon anglais, de finir leur exposé pour se mettre à répondre aux questions du public. Ensuite, ç'a été mon tour de monter sur l'estrade. Je tremblais, j'avais du mal à respirer et je ne sais comment j'ai réussi à lire mon résumé. Puis, soudain, il s'est fait un silence auquel je ne m'attendais pas du tout. Le professeur Thomas a été obligé de solliciter à plusieurs reprises le public pour qu'il me pose des questions et il aurait passé la parole au cinquième orateur, si un type, tout au fond de la salle, n'avait pas levé la main.

– Pour autant que je sache, a-t-il dit, l'Albanie est un pays islamique, ce qui signifie que votre culture n'a rien à voir avec la culture européenne, c'est-à-dire la nôtre. Qu'en pensez-vous ?

Comment expliquer à cet imbécile que mon pays n'avait rien islamique, que, du point de vue de sa formation en tant qu'Etat, il était un des rares pays d'Europe à s'être érigé en Etat sans passer par la théocratie, ni par la révolution.

Ensuite, quelqu'un au milieu de la salle m'a posé une autre question encore plus idiote :

– Quelle différence y a-t-il entre l'albanais et les autres langues slaves ?

Je lui ai expliqué en toute vitesse que l'albanais n'était pas une langue slave, qu'il était une branche unique de l'arbre des langues indo-européennes.

Ainsi, plus il y avait des curieux qui me posaient des questions, plus celles-ci devenaient débiles, et cela jusqu'au moment où le professeur Thomas, en maîtrisant la situation, a dit à l'assistance que l'on devait reconnaître au moins un fait : le public local était fort peu informé sur les questions albanologiques ; puis, il m'a remercié d'avoir répondu à toutes les questions en fournissant les explications nécessaires.

5

La vieille dame, celle qui avait gardé le sourire pendant que les autres me posaient des questions, s'est enfin approchée de moi. Elle tenait dans une main un verre de bekerowska et, dans l'autre, sa canne fine à la poignée d'ivoire. Je venais de recevoir les félicitations d'Anna, quand elle m'a abordé.

– Mes compliments, jeune homme, m'a-t-elle dit.

– Merci, madame, lui ai-je répondu. Pendant la conférence, j'ai remarqué que vous y preniez un vif intérêt, n'est-ce pas ?

Un vieil ami m'avait appris que, dans des cas semblables, il était important de ne sous-estimer personne, même pas ceux qui vous sont peu sympathiques ou vous semblent insignifiants.

– Oui, c'est vrai. J'avais envie de rire en entendant les questions posées par les gens, mais à la fin j'ai pensé que ce n'était pas tellement de leur faute. C'est une affaire d'isolement. Bien sûr, la faute en retombe davantage sur votre pays.

Je la regardais s'exprimer avec une étrange force pour son âge et sa remarque m'a étonné, allant tout à fait dans le sens de ce que je pensais, moi aussi.

– Sans aucun doute, vous en savez encore plus sur l'Albanie, n'est-ce pas ?

– Oh ! Oui, c'est une vieille, très vieille histoire, mais très importante pour moi... Et elle le sera toujours, a-t-elle dit avec élan. Mais je ne me suis pas présentée, je m'appelle Gloria Vltchek. C'est un nom très difficile à prononcer par les étrangers, Vltchek.

– Enchanté.

6

– Jeune homme, m'a-t-elle dit, mon père a été ambassadeur de la Tchécoslovaquie en Italie à l'époque du fascisme et vous savez peut-être que la Tchécoslovaquie de ce temps-là était, du point de vue économique, un pays plus développé que l'Italie. Avez-vous lu quelque chose sur notre industrie d'avant-guerre ?

– Oui, quelque chose, sûrement.

– Ce qui signifie que ce n'était pas peu que d'être la fille de l'ambassadeur de Tchécoslovaquie à Rome et, comme vous pouvez l'imaginer, j'étais jeune, très jeune, j'avais à peine dix-sept ans et je fréquentais le meilleur collège privé de Rome. Il s'agissait d'un établissement scolaire mixte, je veux dire très ouvert et libéral. C'est là que commence mon histoire avec votre pays.

Je n'oublierai jamais le jour où un monsieur très élégamment vêtu et parlant un italien impeccable, s'est approché de moi. Comme je l'ai su plus tard, c'était votre consul à Bari. Cela se passait en 1929. Il s'est approché de moi au moment où j'attendais la voiture de mon père. Il m'a abordée avec toute la courtoisie qui était de rigueur à l'époque, en se présentant comme l'envoyé direct de votre roi. Imaginez un peu l'écho que peut éveiller encore de nos jours le mot « roi » dans l'esprit d'une fille de dix-sept ans. Un roi envoie un de ses consuls me rencontrer. Extraordinaire. Ensuite, il m'a montré une photo de votre roi : un homme grand, brun, portant une moustache fine. Quel autre aspect pouvait avoir un homme à la page ?

« Sa Majesté serait heureuse si vous acceptiez de passer un week-end en sa compagnie », m'a-t-il dit avant de m'expliquer avec la même gentillesse que tout devait rester entre nous et que je ferais le voyage aller et retour en prenant à Bari un avion mis à ma disposition.

Vous vous rendez compte, jeune homme, à quel point j'étais tentée : un roi, un avion mis à ma disposition et l'expression « fin de semaine » dite en anglais.

7

— On venait d'achever la construction du palais royal. Dans la cour, quelques Italiens œuvraient à l'aménagement d'un jardin.

« Pendant que sa Majesté termine ses audiences, mademoiselle, m'a dit mon accompagnateur, c'est-à-dire le type de Rome, nous pouvons jeter un coup d'œil au palais. »

Le roi avait cherché à ramasser par-ci, par-là des collections de cristaux de Bohême, de peintures italiennes, de tapis persans et d'autres objets de ce genre. Pourtant, c'était trop hétéroclite pour un palais royal. Nous nous sommes arrivés à la porte de la chambre à coucher, le type de Rome m'a dit, en souriant, que seul le roi pouvait guider la visite d'un endroit pareil. Ensuite, nous avons marché dans la cour, nous avons vu les gardes en costume national, étrange, en noir et blanc, sur lequel leurs armes se détachaient en taches argentées.

8

Du coin de l'œil j'ai vu, dans un coin de la salle de la réception offerte en notre honneur, le professeur Thomas dire à Anna quelque chose à voix basse. Elle gardait le silence, les yeux rivés sur le plancher, mais ne sachant pas que faire de ses mains. Lui, il avait un drôle d'air, on croirait un adolescent en faisant sa toute première déclaration d'amour. Je ne sais pas pourquoi, mais j'en ai été bouleversé. Peut-être parce que, plus que d'une déclaration d'amour, cela avait l'air d'une séparation de deux amoureux.

J'ai abouti à cette conclusion tout en gardant collé sur les lèvres le sourire d'usage pour être à la hauteur de la politesse de la vieille dame. Elle continuait à me dire quelque chose, je l'approuvais d'une certaine manière, mais voilà que le professeur Thomas a embrassé Anna aux yeux de tout le monde. En fait, je ne suis pas très sûr qu'il l'ait embrassée devant tous les invités, mais je l'ai vu faire.

– Vous êtes ému, jeune homme, m'a dit la vieille dame, je le constate.

– Ma foi, oui, lui ai-je répondu et, l'esprit ailleurs, je lui ai tendu la main.

Nous nous sommes quittés. J'ai respiré profondément, puis j'ai rejeté l'air doucement par le nez, comme font les sportifs en s'échauffant avant leur compétition.

9

Rentré dans ma chambre, je me suis regardé dans la glace et, aussitôt, j'ai eu comme une illumination. Je m'y suis regardé de nouveau. Ressemblais-je par hasard au roi ? En fait, pendant que, isolé comme un moine, je travaillais à ma thèse, j'avais laissé pousser ma barbe que j'avais portée pendant en certain temps.

Ç'était Anna qui m'avait contrarié, alors que nous faisions la cuisine chacun pour soi dans la cuisine de notre étage, en me disant que la barbe ne m'allait pas.

– Elle et plutôt clairsemée et si tu tiens absolument à agrémenter de quelques poils ton visage, contente-toi de porter la moustache. Elle pourrait t'aller mieux, oui, dans une certaine mesure.

J'ai donc décidé, après avoir hésité quelque temps,

de m'en remettre au goût d'Anna, ce qui signifie que je n'ai porté finalement que la moustache. Ensuite, je me suis dit que, grand et mince, avec ma moustache fine et mon visage émacié, je ressemblais décidément au roi.

Cela expliquait, selon moi, l'invitation, que j'ai trouvée déposée à la réception, de la part de la vieille dame, à quelques jours seulement de mon départ définitif de Prague.

10

Ma visite chez la vieille dame, qui habitait quelque part sur le boulevard Vacklavskie Namesti, constitue un événement que je ne peux pas passer sous silence. Elle vivait seule, mais non en solitaire. Son grand appartement était tout rempli de photos, de vieux livres et de toutes sortes de souvenirs, fruits des voyages de son père et des siens propres. Bref, il y avait là des choses venant d'un peu partout.

Elle avait préparé pour moi un dîner merveilleux.

– Cela, c'est le menu de Charlemagne, m'a-t-elle dit en m'apportant un énorme plateau rempli pour moitié de viandes d'animaux sauvages et pour moitié de viandes de volailles également sauvages avec, pour toute garniture, du chou blanc et du chou rouge et, dans un coin, un peu de moutarde.

– C'est vraiment trop pour moi, lui ai-je répondu.

– Vous êtes jeune, libre et rien ne saurait vous nuire, a-t-elle poursuivi en ne mettant dans son assiette qu'un peu de chou rouge et de la moutarde.

Tout s'est très bien passé jusqu'au moment où elle a sorti d'un meuble à tiroirs une liasse de lettres jaunies par le temps et, par la suite, une poignée de photos. C'était toute sa correspondance avec le roi pendant une bonne dizaine d'années. Il y avait aussi des photos tristes où on l'apercevait près d'un avion sur un champ en hiver.

11

– Dans ses rapports avec les gens du protocole, le roi était d'une arrogance inouïe. J'ai regretté d'avoir fait cette remarque idiote, mais comme toute jeune personne qui veut dire un mot intelligent pour montrer qu'elle aussi, elle connaît certaines choses de ce monde, voire des choses que peu de gens connaissent, je ne l'ai pas dit dans une mauvaise intention. C'était juste quand, après un long discours qu'il venait de prononcer au lit, le roi s'est retourné vers moi et, m'ayant doucement embrassée sur le cou, m'a dit :

« Savez-vous, mademoiselle, je suis le seul au monde à posséder ces draps-là, non seulement parce qu'ils sont en soie de Vienne, mais encore parce qu'ils ont été fabriqués uniquement pour moi ».

J'ai ri, ri aux éclats, j'ai passé le bras sur ses épaules en lui disant qu'il avait été démontré que la soie n'est pas très bonne pour la peau des humains et que, s'il tenait vraiment à avoir quelques paires de draps exceptionnels, il devait les choisir en lin d'Irlande.

Mon Dieu, comme il s'est assombri dès que je me suis tue. Je me rappelle qu'il est sorti et qu'aussitôt il s'en est pris en hurlant à quelques personnes de sa suite.

Elle a eu les larmes aux yeux et, juste au moment où je souhaitais le moins du monde la voir dans cet état-là, j'ai eu une surprise, j'ai senti ses mains desséchées me toucher les épaules. Mon Dieu, j'ai eu très peur, me suis retourné vivement et je n'ai prononcé qu'un mot : « Non ! »

– Restez ici, m'a-t-elle dit avec douceur, vous aurez une chambre à vous tout seul. Il y a là un grand lit dont les draps sont en lin d'Irlande.

12

Quoi qu'il en soit, nous vivons dans un monde où le hasard semble être roi. Bouleversé comme j'étais, j'ai commencé à culpabiliser. Je me sentais coupable d'avoir gâché une soirée qui avait si bien commencé, ainsi que commencent tous les souvenirs. Mais voilà que cette nuit-là ne voulait pas finir comme cela. Alors que je marchais d'un pas solitaire sur le grand boulevard, toujours bruyant, j'ai de nouveau eu la sensation que quelqu'un me touchait aux épaules avec ses mains desséchées, et, instinctivement, j'ai pressé le pas, mon pas angoissé, prêt à me mettre à courir. Et j'aurais couru pour de bon, si ce n'avait pas été deux autres mains, tout à fait différentes, fines, appartenant à deux bras également fins, deux mains tendres qui sont venues se poser sur ma poitrine. Je me suis arrêté. C'étaient des mains bien réelles. Je les ai touchées, je les ai gardées dans les miennes. C'était les mains d'Anna. Oui, d'Anna. Qu'elles n'a pas retirées, qu'elle m'a permis de serrer contre ma poitrine jusqu'au moment où elle y a mis aussi sa tête et sa chevelure en désordre.

Je ne sais pas si cela est vrai, mais Anna a dit qu'elle m'attendait depuis qu'elle était née, qu'elle n'aurait jamais osé venir vers moi, si je n'étais pas allé à elle, comme je l'avais fait, de loin, troublé et prêt à m'enfuir comme j'étais.

Ensuite, nous avons gagné son appartement sans rien dire. Nous nous sommes allongés, nous avons fait l'amour comme des fous, toujours sans rien dire. Seuls, de temps en temps, certains doux gémissements annonçaient toujours qu'on allait fumer une dernière cigarette.

Le matin, alors que, ivre, muet et à moitié nu, je quittais l'appartement d'Anna, l'ombre du professeur

Thomas, au bout du couloir, me regardait avec indifférence.

13

J'allais quitter Prague. Mes cours étaient finis. Je me sentais fatigué, satisfait, mais j'étais doublement ému : j'allais rentrer dans mon pays et retrouver les miens, j'allais quitter Prague et ceux que j'y avais connus.

Mon avion partait vers midi et j'avais encore le temps de prendre mes dispositions, de saluer qui je voulais, de faire un dernier tour dans la ville en guise d'adieu, ainsi que plein d'autres choses de ce genre.

Pour être bref, je vous dirai que, cet après-midi-là, j'ai appris pas mal de nouvelles.

J'ai d'abord rencontré Simon, qui sortait du restaurant de notre hôtel une tasse de thé à la main, tout en se livrant à un monologue. Il m'a aperçu et a arrêté ses pas. Il m'a aussitôt montré ses incisives de lapin et, dans un chuchotement, il m'a dit :

– Tu sais ? Le professeur Thomas est parti.

– Comment ? Où est-il parti ? Pourquoi ?

– Il est parti, lui aussi. Il y retourne. En Israël.

Je me suis retenu de parler. Je ne sais pas comment, mais je n'ai plus articulé un traître mot face à Simon qui continuait à siroter son thé. Mais j'ai aussitôt songé à la silhouette indifférente du professeur Thomas, un certain matin où, ivre, muet et à moitié nu, je quittais l'appartement d'Anna.

Mordre est un péché

1

Je crois que ça arriva pendant la classe de géographie. C'était notre première leçon de la matinée d'un lundi matin et nous vîmes s'ouvrir la porte de notre salle. J'occupais le premier banc du côté de la porte justement. C'était uniquement pendant cette classe que je m'asseyais au premier rang, comme si je voulais signifier à mon professeur et à quiconque d'autre que voilà, j'étais bien là et que je n'avais peur de rien. Et, à vrai dire, j'aimais cette discipline et je connaissais presque par cœur la carte politique de la planète. Bref, ce lundi-là, j'attendais que mon professeur appelle mon nom pour que j'aille au tableau, lorsque la porte de la classe s'ouvrit.

Il nous arrivait très rarement de voir s'ouvrir la porte de la classe pendant la leçon, et cela faisait toujours diversion. Quoi qu'il en fût, elle s'ouvrit et le sous-directeur de l'école entra, suivi d'un homme habillé d'une blouse blanche. Le vice-directeur, une vraie armoire à glace, à double menton, portant une moustache fine, chuchota quelques mots à l'oreille de notre professeur, puis, se tournant vers nous :

– Les dentistes viennent d'arriver dans notre école, annonça-t-il. Ils ont apporté leurs instruments et ils verront dans quel état sont vos dents.

Ensuite, montrant sans se gêner son dentier, il ajouta :

– Mens sana in corpore sano, qu'il se hâta de traduire: "Un esprit sain dans un corps sain."

Je pris peur, me recroquevillais, m'amoindris, je ne sais pas ce qui m'arriva, mais à partir de ce moment-là je n'étais plus. L'homme habillé de blanc s'était transformé en ogre.

Le sous-directeur saisit le cahier de classe et y lut à haute voix les cinq premiers noms. Le mien en était le deuxième. Il sourit à nouveau, sa moustache reluisit et il poursuivit :

– Que ceux qui ont entendu leur nom, sortent avec le docteur ! Les autres passeront plus tard à visite, chacun à tour.

Je me levai. Mes quatre autres camarades également et nous emboîtâmes le pas à l'ogre dans le couloir étroit.

Alex, dont le nom venait après le mien sur le cahier de classe – nous étions voisins aussi et passions ensemble nos grandes vacances – et moi, nous nous regardâmes dans les yeux.

– Ils ont apporté leurs instruments, me chuchota-t-il, ils vont nous démolir.

Je continuais à traîner dans le long couloir et, respirant profondément, je lui dis :

– Allons-nous-en !

– Allons-nous-en ! répéta Alex et nous prîmes la fuite en obliquant à gauche, du côté du gymnase et des waters des filles.

L'ogre ne s'en aperçut pas, ni les trois filles qui l'entouraient, joyeuses. Il ne nous restait qu'à attendre la fin de la leçon de géographie pour rentrer en classe. Alex avait une pomme dans sa poche. Nous y mordîmes à tour de rôle... Qui sait, peut-être qu'on nous ficherait la paix.

2

Je devais prononcer le principal discours au débat national sur les politiques culturelles, m'occuper de l'accueil et du départ des délégations d'experts étrangers, des dîners à donner, du protocole, bref, de tout. Et c'est ainsi que, terriblement stressé par mon travail, pendant que j'avalais gloutonnement chez moi ce qui devait être à la fois mon déjeuner et mon dîner, un malheur m'est arrivé. J'ai cassé les deux bridges que m'avait mis, sans que j'aie éprouvé la moindre douleur, un dentiste de province il y avait cinq ans de cela. Je n'en revenais pas. Je n'osais plus ouvrir la bouche et me trouvais pratiquement dans une situation tragi-comique. Mes dents, celles du haut et celles du bas, incises comme molaires, étaient pour la plupart gâtées.

Désespéré, je n'ai presque pas fermé l'œil de la nuit. C'est-à-dire que je n'ai pas pu dormir autant que je dors d'habitude. Bref, j'ai passé une nuit lourde d'angoisse.

– Va tout de suite voir un dentiste, m'a dit ma femme, tandis mes enfants riaient sous cape dans un coin.

Je n'ai pas voulu perdre plus de temps. J'ai téléphoné à un collègue qui venait de se faire soigner les dents et je lui ai parlé de ce qui venait de m'arriver. Nous avons convenu de nous retrouver au café à côté de notre bureau ; de là, il me conduirait chez sa dentiste.

– Elle est très bien, tu vas voir, m'a-t-il expliqué, tu n'auras pas mal. Elle essaie, du moins, de ne pas faire souffrir ses patients.

Pendant que nous marchions, je gardais la bouche close. Je saluais les gens d'un mouvement de tête en gribouillant une grimace amicale avec mes lèvres serrées. J'avais, pour sûr, l'ai d'un mime ridicule, alors que mon collègue mastiquait du chewing-gum avec ses dents blanches.

Enfin, nous voilà arrivés. A travers la vitre dépolie de la porte, on distinguait une fine silhouette féminine.

– C'est elle, m'a dit mon collègue et il est entré sans frapper. Je suis resté sur le pas de la porte, les membres engourdis.

Mon collègue m'a présenté dans un style à la fois impérial et baroque, voire rococo. J'ai eu très honte de moi-même face à elle. « Pourquoi m'avoir mené ici ? ai-je pensé en m'adressant mentalement à mon collègue. J'aurais préféré voir un dentiste. Un homme. Même brutal. Aux grosses mains ». Mais je n'ai pas eu le temps de poursuivre mon monologue intérieur. Il m'a fallu tendre la main. Faire une grimace, les lèvres toujours aussi serrées.

– Asseyez-vous, s'il vous plaît, m'a-t-elle dit d'une voix douce.

Je me suis exécuté et je n'ai laissé échapper de ma bouche que les mots suivants : « Madame, vous verrez un désastre. Hiroshima et Nagasaki. »

Elle a souri tout en se lavant les mains au-dessus d'un lavabo, en face de moi.

– Il est plutôt ému, a dit mon collègue, volant ainsi à mon secours.

– Je le vois bien, a-t-elle répondu, sinon il serait venu me voir plus tôt.

3

Quand nous rentrâmes en classe après la leçon de géographie, nous y attendaient déjà de pied ferme le sous-directeur, notre professeur principal et le professeur de géographie. Trois visages maussades, prêts à nous agresser, comme si nous étions responsables d'une catastrophe humanitaire.

– Bon, ça ne m'étonne pas de la part d'Alex, cria notre professeur principal en s'adressant à moi, mais je ne t'aurais jamais cru capable d'une chose pareille. Comment avez-vous donc osé désobéir à l'ordre du sous-directeur ?

Comment nous avions osé désobéir à l'ordre du sous-directeur, c'était vraiment ce que ni Alex, ni moi, nous ne comprenions à l'époque.

– En plus, vous avez manqué ma classe, ajouta le professeur de géographie.

Cela suffit largement pour que le sous-directeur nous prenne, Alex et moi, avec ses grosses mains par les oreilles, en nous disant :

– Je lui dirai de vous arracher même quelques dents saines !

Prenant plaisir à nous tirer par les oreilles pour nous conduire chez le dentiste, il montra une fois de plus, en ricanant, son dentier :

– Les voilà, tes déserteurs. Ils sont à toi. Arrange-les-moi bien !

Le dentiste nous jeta un regard lourd à la fois de mépris et de dégoût comme si nous venions de la planète des singes ou sortions à peine d'une soue.

– Assieds-toi ! me cria-t-il. Tu as trois dents cariées, les deux six et une canine. Ce sont des caries de troisième degré.

Mon Dieu, ayez pitié de moi ! Qu'est-ce que c'était que tout ça : les deux six, une canine et des caries de troisième degré ? Je n'eus pas le temps de me pencher sur cette question. Une espèce de moteur se mit soudain à vrombir et je vis quelque chose de métallique, muni d'une pointe tournant à toute vitesse, qui fit irruption dans ma bouche.

Il n'en fallut pas davantage pour me donner le vertige et je ne me souviens que des cris d'Alex qui avait pris ma place sur le fauteuil du dentiste, pendant que deux tampons d'ouate me bouchaient les narines.

4

– Faisons donc plus ample connaissance, m'a dit la dentiste d'une voix douce. Je m'appelle Anna.

Je lui ai murmuré mon prénom. Elle a souri est s'est assise sur son petit tabouret tournant, à ma droite.

– Maintenant ouvrez la bouche pour qu'on voie ta Hiroshima, a-t-elle dit avec le même sourire avant de commencer à inspecter ma caverne buccale.

J'étais très gêné et ne savais où poser mes yeux. Puis, j'ai fini par fixer mon collègue qui, penché sur moi, scrutait ma bouche comme s'il observait le mécanisme d'une vieille horloge.

– Ce n'est pas du bon travail, tout ça, a poursuivi Anna. Franchement mauvais, même. On fera en tout cas quelque chose et... Auriez-vous vraiment peur ?... Mais pourquoi, au fait, avoir peur ?

Plus tard, je me rappellerais qu'elle m'avait posé ces questions pendant que je devais tenir la bouche ouverte et, en conséquence, n'étais pas en état de lui répondre.

De toute façon, ma terreur a duré moins que je ne l'avais prévu. J'ai commencé à reprendre mes esprits surtout quand elle s'est penchée au-dessus de moi pour atteindre la petite table à ma gauche. Je ne saurais dire, mais..., sûrement par hasard, sa poitrine a frôlé la mienne et, l'espace d'un instant, j'ai éprouvé une volupté que je n'avais jamais connue jusque-là. Que diable ! Pendant que je restais la bouche ouverte, terrorisé à l'extrême par le calvaire qui m'attendait, voilà qu'une diversion d'ordre sensuel venait m'arracher à moi-même.

Elle a encore souri avant de me dire que je devais retourner la voir le lendemain matin de bonne heure. J'étais troublé. L'idée m'a effleuré de raconter à mon collègue ce que j'avais ressenti, mais j'y ai aussitôt renoncé. J'avais peur de l'entendre sortir son mot célèbre selon lequel seuls ceux qui n'ont plus de dents prétendent que mordre est un péché.

5

Si j'ai évoqué ici l'épisode de mon enfance en rapport avec un certain dentiste que j'avais tenté de fuir, c'est simplement pour souligner qu'il n'est pas toujours vrai que la première impression nous marque pour le reste de notre vie. Cela, seuls les esprits conséquents n'hésitent pas à l'affirmer, et ceux là, je ne peux pas les souffrir. Mon expérience en atteste le contraire. C'est donc volontiers que j'ai commencé à aller chez ma dentiste, chez Anna.

Elle continuait à me fixer des rendez-vous à des heures où aucun de ses collègues ne se trouvait là, ni aucun de ses patients. Elle a creusé toutes les dents qui me restaient, les a dévitalisées après force piqûres anesthésiantes. Il lui arrivait de me faire jusqu'à trois piqûres pareilles pour la même dent. La seule responsabilité qu'elle n'assumait pas, c'était d'extraire une dent.

– Pour les extractions, je vous conduirai chez un collègue, qui est dentiste chirurgien. Il est âgé, mais, toute sa vie, ne s'est occupé que d'extractions. N'ayez pas peur, il connaît très bien son métier.

– D'accord, puisque c'est vous qui le dites..., lui ai-je répondu.

Je m'en remettais donc complètement à elle. Entre-temps, elle continuait de me toucher un peu plus à chaque séance. En changeant souvent de style. A part ses seins, qui frôlaient de plus en plus souvent ma poitrine, sa jolie hanche bien galbée venait s'appuyer contre mon épaule toutes les fois qu'elle se levait pour préparer son amalgame. Et, toutes les fois, j'étais pris de frissons. Malheureusement, cela arrivait au moment où je devais tenir la bouche ouverte en faisant attention à ce que ma salive n'aille pas remplir le trou qu'elle avait creusé dans ma dent. Ainsi, mon supplice se poursuivait...

Au cours d'une autre séance, après avoir vérifié que mes lèvres étaient bien insensibilisées, anesthésie obligeait, Anna s'est inclinée par-dessus mes jambes pour prendre quelque chose de l'autre côté et j'ai eu l'impression que ses cuisses serrées ont reposé un instant sur mes genoux. Elle a souri, tandis que j'ai fait une grimace sans goût avec mes lèvres endormies.

6

Nous sommes allés chez le vieux dentiste le lendemain et, sans nul doute, cet homme grand aux cheveux blancs était mon premier dentiste, celui que, jeune collégien, j'avais tenté de fuir. Je l'ai aussitôt reconnu, mais, ce faisant, j'ai quand même tressailli.

– Voilà, docteur, lui a dit Anna, cet ami à moi a une sept à extraire. Il s'agit de celle-là.

Et elle lui a tendu la radio.

– Hum ! a grogné l'autre avant de chuchoter quelque chose à l'oreille d'Anna. Ensuite, se tournant vers moi :

– Asseyez-vous ! m'a-t-il enjoint.

Je me suis exécuté. Machinalement, j'ai ouvert la bouche. Il a jeté un coup d'œil sur ses instruments. Nouveau grognement de sa part. Ensuite, il a pris une grosse seringue avec, au bout, une grande aiguille. La plus grande que j'avais vue jusque-là.

– Ouvrez-la davantage ! m'a-t-il crié. Je lui ai obéi au point d'avoir mal aux mâchoires. Il a planté l'extrémité de sa seringue quelque part au fond de ma bouche et j'ai senti une horrible douleur. Quand il l'en a retirée, je n'ai pu m'empêcher de pousser un cri.

– Ça vous fera un peu mal, a-t-il annoncé, grognon. Vous avez là une sacrée infection, il faut donc l'arracher, votre molaire.

Anna, qui se tenait à côté, s'est approchée de moi. Elle a pris ma main avec douceur, à croire que j'étais un enfant, puis elle m'a tendu un petit mouchoir blanc.

– Je suis là, m'a-t-elle dit gentiment, on est ensemble.

Je ne savais comment répondre. Je ne pouvais pas réagir. Tout en la fixant, je sentais mes yeux devenir de verre. J'implorais en silence l'indulgence de son collègue et... et voilà venu le moment où celui-ci m'a introduit dans la bouche son énorme davier pour prendre ma molaire par les cornes. Rien à dire. Je n'en pouvais plus. Il s'est mis à tirer de toutes ses forces, mais ma molaire tenait bon. Ma douleur est vite devenue insupportable. J'étais presque K.O. L'autre m'arrachait la tête, le cœur, l'estomac, tout. Il avait enfoncé son bras vigoureux noué de veines au plus profond de ma gorge, dans mon œsophage même, jusque dans mes entrailles. Je criais, hurlais, alors que ma voix s'éteignait au fur et à mesure. Enfin, il a sorti quelque chose de ma bouche. Un bout de molaire, probablement.

– Merde ! a-t-il crié, hurlé presque.

J'avais froid. J'étais tout engourdi, je commençais à trembler. J'étais pris de convulsions. Je ne commandais plus mes membres, surtout les inférieurs. Je sautais. Je sombrais.

– Il faut absolument l'arracher ! a crié le monstre et il a réintroduit son davier dans ma bouche écartelée.

Je n'étais plus nulle part. Je tremblais de plus belle. Cette fois mes jambes frétillaient comme des queues de lézard coupées, elles s'agitaient plus fort... bondissaient plus haut... ensuite... ensuite j'ai vu Anna s'installer sur moi. Elle a mis ses fesses quelque part sur mon bas ventre inanimé. Elle s'est étendue sur moi… de tout son long… et m'a serré dans ses bras, très, très fort, comme si elle faisait l'amour pour la première et la dernière fois avec moi, puis… puis, plus rien… c'était fini.

Le suicide de l'après-midi

1

Georges avait, comme tout le monde, un nom de famille, Mais, puisque je ne m'en souviens plus ou, peut-être, que je ne l'ai jamais su, je suggère qu'on l'appelle monsieur L'après-midi. Donc, si vous le voulez bien, je vous présente Georges L'après-midi.

Il habite dans un appartement situé au centre d'une petite ville. Presque quadragénaire, grand et mince, simple employé et, ce qui est le plus important, célibataire, il n'a aucune expérience des femmes.

Dans son enfance déjà, Georges était d'un type replié sur lui-même, un peu bègue et c'est peut-être la raison pour laquelle il était devenu asocial, solitaire, bref difficilement approchable. Dans sa jeunesse, c'était quelqu'un qui, tout en enviant de loin les compagnies joyeuses, n'osait jamais s'y mêler. Mais, même quand il s'y trouvait par hasard ou bien quand il ne pouvait se dérober aux invitations, il se tenait coi, esquissait un vague sourire après quelque plaisanterie bruyante, ou encore répondait par des mots monosyllabiques comme « oui, non, pourquoi, où... »

Pourtant, Georges L'après-midi se signale par une intelligence admirable, comme la plupart de ceux qui bégayent. Mais cela ne suffit pas, les autres ne voient en lui qu'un homme distant, souvent même hautain et, ainsi, il reste toujours incompris.

Il faut dire que tout cela se passe dans une petite ville comme la sienne, où les gens ont du mal à joindre les deux bouts et où un individu aussi discret que Georges L'après-midi ne pouvait être qu'employé à la mairie.

2

Depuis longtemps, le plus grand souci de Georges, c'était comment occuper son après-midi. Il le passait toujours en regardant depuis son balcon un énorme manège tourner dans le parc d'en face où venaient s'amuser non seulement les enfants, mais aussi les adultes de la petite ville.

A vrai dire, son après-midi devenait petit à petit pour lui comme un voyage dans les cercles de l'enfer. Par ailleurs, le reste de sa journée, il le passait de la façon la plus banale, ce qui n'était pas sans vous rappeler les nombreux personnages des romans réalistes, qui s'enveloppent et s'engouffrent dans leurs journées qui se ressemblent comme deux gouttes d'eau.

Sa matinée, il arrivait plus ou moins à la remplir. D'abord dans son petit bureau à la mairie, ensuite dans le café d'en face, puis de nouveau dans son bureau, à lire les innombrables lettres des gens qui se plaignaient sans cesse.

Georges L'après-midi était demeuré interdit en voyant dans le bureau d'un collègue à lui, un énorme tas de lettres que celui n'avait même pas décachetées.

– Vous ne lisez pas les lettres que vous recevez ? avait osé lui demander Georges.

– Je n'ai même pas le temps de leur mettre le feu et vous voulez que je les lise ? lui avait répondu son collègue en riant à gorge déployée.

Quoi qu'il en soit, Georges passait très bien son temps à son bureau. Mais l'après-midi, ah ! l'après-midi, avec le manège en face de son balcon, le rongeait comme un insecte térébrant.

Il n'y pouvait rien. L'idée de quitter sa ville pour aller s'installer dans une autre plus grande, si possible dans la capitale, le hantait de moins en moins. Il fallait avoir beaucoup d'argent pour un pareil déplacement, puis trouver un logement, un nouvel emploi, se faire des amis, lui semblait exténuant.

Et, tel celui qui comprend au bon moment qu'il ne peut réaliser son rêve, Georges L'après-midi avait commencé à détester la capitale. Souvent, il se plaisait à la comparer à un énorme mensonge, à un cauchemar dans lequel les gens ont du mal à distinguer les silhouettes des uns et des autres et feignaient tous de voir les visages dans le moindre détail.

3

C'était par une horrible journée d'hiver qu'il a remarqué, sur le manège qui tournait, une tête qu'il a reconnue comme étant celle de Viktor, son copain d'enfance et, par la suite, camarade de classe.

D'habitude, il n'observait jamais les visages de ceux qui tournaient sur le manège. Il n'y voyait que silhouettes et portraits flous. Mais voilà que cette fois ses pupilles se sont mises à se focaliser comme l'objectif d'un appareil photographique. Après cette focalisation plutôt lente, il a fini par reconnaître Viktor.

De nombreuses années s'étaient écoulées depuis la dernière fois qu'il l'avait vu, mais il l'a tout de même reconnu. C'était bien lui, Viktor, Viktor le terrible, le casse-pieds, l'arrogant, le voyou, l'homme qui lui avait violemment ravi son rêve, son premier et unique amour, son amour pour Anna.

Comme il avait toujours rattaché la personne de Viktor à celle d'Anna, il a cherché du regard pour voir si par hasard celle-ci se trouvait quelque part près de lui, sur le manège, bien entendu. Mais non, Anna, son idole du temps de sa première jeunesse, la femme qu'il n'avait jamais pu conquérir, n'était pas sur le manège. Il n'y avait que Viktor, lui, l'homme pragmatique, aux nerfs d'acier, toujours à la page, qui ne cessait de dégager une énergie troublant les femmes et d'inspirer à quiconque une confiance idiote.

4

Et Anna, où se trouvait-elle maintenant ? Anna, cette femme impossible à conquérir, mon Dieu, depuis quand n'entendait-il plus parler d'elle ? Que devenait-elle ? Il a pris l'annuaire et y a cherché son nom. En fait, il y a trouvé deux noms identiques au sien. Il est tombé sur le bon numéro dès son premier coup de téléphone.

– C'est Georges à l'appareil, a-t-il dit doucement.
– Qui ? Georges ? Lequel ?

La voix d'Anna, comme toutes celles qui ne vieillissent presque pas, n'avait pas du tout changé.

– Georges. Georges…, et il a articulé péniblement son nom d'antan.

– Ah !

Ce merveilleux soupir a suffi à Georges pour voir aussitôt Anna étendue sur son lit étroit.

Ils se sont fixé un rendez-vous pour le lendemain. Le lendemain après-midi. Quel bonheur !

Ensuite, Georges L'après-midi a fouillé dans tous les coins de son appartement pour retrouver quelque vieille photo du temps de ses études, mais il n'y a pas réussi. Bien après, il s'est rappelé les avoir toutes brûlées lors d'un déménagement. En ce temps-là, il était hanté par l'idée qu'il devait rompre tout lien avec son passé. Mais voilà que, par malchance, ce maudit manège, par son mouvement giratoire, lui avait rendu le goût des retours en arrière.

5

Leur entrevue a été plus que froide. Anna était entrée au café, mince et grande comme elle était, vêtue d'un tailleur sobre d'employée de bureau, sur lequel elle avait jeté une écharpe indienne, comme si elle voulait laisser entendre qu'elle ne pouvait pas se passer d'un brin d'extravagance.

Elle lui a parlé d'elle-même d'un débit rapide en s'exprimant par des phrases longues, s'arrêtant de temps en temps, reprenant son discours avec désinvolture, l'interrompant pour le ponctuer avec force gestes ou interjections vides de sens. En tout cas, soit Georges a eu cette impression, soit Anna a fait preuve d'un sans-gêne dont elle ne se rendait pas compte.

Ce dont Georges L'après-midi était pourtant sûr, c'est que l'autre, certes à bâtons rompus, lui avait expliqué qu'elle était en train de peiner pour lancer un journal à elle dans leur ville. Mais, malheureusement, elle n'avait aucune chance d'y arriver. Ils vivaient dans une ville où il n'y avait pas de nouvelles, pas d'événements.

– Ici il ne se passe rien. Presque rien. Mais je me suis souvent demandé si, dans cette ville, un journal peut inventer lui-même les événements, et cela, bien entendu, dans l'unique intention d'intriguer les esprits. Qu'en penses-tu ?

Tout ce à quoi il songeait en l'entendant parler, c'était l'époque où Anna réussissait à inventer en classe des événements secrets, à moitié dramatiques, des événements dressant les garçons les uns contre les autres et leur faisant tenir des propos du genre « Je casserai la gueule à Un tel si jamais il ose embêter Anna en ma présence. »

– Hum ! a dit Georges perdant tout à fait le fil de la conversation. Il a senti le pied d'Anna toucher le sien sous la table, puis son genou à elle qui s'est introduit entre ses mollets à lui et, à cause de cela, il a eu comme un blocage.

– Eh bien ! Qu'en dis-tu ?

Anna venait de lui parler sur un ton vif, presque autoritaire. Georges en a pris peur et s'est empressé de déplacer ses pieds sous la table pour libérer le genou de l'autre.

– Peut-être... peut-être oui... j'essaierai et... et, a-t-il balbutié en devenant rouge comme une tomate en même temps qu'il mettait ses pieds du côté opposé de la table.

Oops ! a dit Anna en sentant les pieds de Georges toucher les siens. Merci de m'avoir téléphoné. Maintenant nous pourrons nous voir plus souvent.

Et, se levant précipitamment, elle lui a tendu la main.

Georges L'après-midi a gardé sa main dans la sienne peut-être un peu plus longtemps qu'il n'en avait l'habitude, dans un dernier effort pour balbutier quelques mots, mais sans y parvenir. Il n'y est pas parvenu, parce qu'une idée lui a soudain effleuré l'esprit : et si ce qu'il avait pris pour le genou d'Anna n'avait été que le pied rond et unique de la table ?

6

Georges L'après-midi avait toujours eu envie de faire quelque chose pour Anna. Ou, plus exactement, beaucoup de choses. Pour elle, pour lui-même, pour sa masculinité. Et à cette envie endormie se mêlait sans arrêt l'idée que c'était Viktor l'homme qui l'en empêchait, qui s'érigeait en obstacle chaque fois qu'il avait l'occasion de faire quelque chose pour Anna.

C'est à quoi il pensait, un peu honteux, pendant qu'il

se dirigeait vers son bureau après avoir quitté Anna.
– Qu'est-ce qu'il y a ? Qu'est-ce qui vous arrive ? lui a demandé un de ses collègues sur le pas de la porte, celui qui n'avait même pas le temps de brûler les lettres des autres.
Georges aurait voulu parler, s'ouvrir à quelqu'un, même à son drôle de collègue.
– Rien, mon ami, rien que du quotidien. Rien à noter.
Et il s'est plongé dans la lecture des lettres remplies de plaintes, d'appréhensions, de réclamations, de menaces...

7

Peut-être le moment était-il enfin venu. Brusquement. Pendant qu'il rentrait chez lui, il avait vu Viktor au coin de la rue. Complètement ivre, il lui a fait l'effet d'une vermine, baveux comme il était au pied d'un poteau électrique.
Presque au même moment, Viktor s'est rendu compte de la présence de Georges et, pendant qu'ils allaient l'un vers l'autre comme dans un duel au pistolet, Viktor a crié à tue-tête, en émaillant son discours d'éclats de rire :
– Qu'est-ce que je te l'ai baisée, ton Anna ! Je lui ai rempli le ventre de mon sperme tant que j'ai voulu, chaque fois que je bandais. Je te l'ai baisée pendant que tu lui écrivais des lettres d'amour, je te l'ai fait crier, crier comme un fauve en rut.
La rue était toute sonore des ricanements de Viktor. Chaque fois qu'il riait, Georges avait l'impression qu'il tonnait et qu'il y avait des éclairs. Ceux-ci jaillissaient, tels des flashes immenses, des dents blanches de Viktor et venaient le frapper au visage.
Georges a alors senti une veine s'enfler sur son front, aussi grosse que la souche noire d'un vieil arbre

arraché par l'orage. Il ne s'était jamais vu comme cela, il ne s'était même pas imaginé dans un état pareil.

– Maintenant elle ne me fait plus bander. Va, va essayer, peut-être qu'elle se laissera baiser par toi aussi, hurlait Viktor comme un fou dans la rue déserte et, de nouveau, tonnerres et éclairs jaillissaient de ses dents acérées, avec lesquels il avait mordu le cou, les seins, le ventre, les flancs, les cuisses d'Anna.

8

Je ne saurais dire avec précision comment cela s'est passé, mais Georges L'après-midi l'avait frappé avec quelque chose de contondant à la bouche. Ou bien il lui avait enfoncé dans le ventre le bout de son parapluie. Je n'en suis pas sûr. Mais il l'avait tué. Cet après-midi-là, au crépuscule, il y a eu sur le trottoir, un mélange de sang et de boyaux ainsi que de belles dents blanches et acérées éparpillées tout autour.

Il n'y avait plus d'éclairs pas plus qu'il ne tonnait. Georges se moquait d'avoir été vu par les passants. Mais la rue était déserte. A cette heure-là, personne ne mettait le nez dehors dans la petite ville.

Au début, Georges avait eu la sensation que des badauds suivaient de loin la scène, qu'ils l'encourageaient en plus. Il avait même perçu leurs cris entre deux coups de tonnerre : « Vas-y, cogne ! Nique sa sœur ! Butte-le, le salopard ! »

Or, il n'en était rien. Autour de lui il y avait toujours un grand vide et c'est peut-être à cause de cela qu'il n'avait pas voulu laisser l'autre là, dans la rue, dans son royaume à lui.

Il l'a donc traîné jusque chez lui, conscient d'avoir laissé des traces de sang partout, sur la chaussée, dans sa maison, sur l'escalier menant au sous-sol.

Dans la cave, il a creusé un trou avec une pelle à

manche court. Il y a enfoui le cadavre et, après avoir tassé la terre avec ses pieds, il a craché dessus pour la première et la dernière fois avant de remonter prendre une douche.

Sous le jet d'eau chaude, il imaginait Viktor et Anna en train de faire l'amour.

9

Georges L'après-midi était désormais certain d'avoir laissé suffisamment de traces pour que la police vienne l'embarquer, l'arrêter. De cette manière, prendraient également fin une fois pour toutes ses après-midis dénués de sens. Enfin, il se passerait quelque chose. Il pourrait parler, raconter son histoire, dire aux autres, même au juge d'instruction, que le motif du crime qu'il venait de commettre était qui sait combien de fois plus humain et noble que ceux des criminels ordinaires dont regorgeaient les rues de leur drôle de ville.

Il attendait donc comme dans un état de torpeur, en fixant sans arrêt le manège qui tournait en face de chez lui.

Tout devenait flou, les maisons, les magasins, les rues. Tout avait perdu sa couleur initiale ou, plutôt, tout n'avait plus qu'une couleur, le beige, la couleur qu'il détestait le plus.

Oui, il vivait dans une petite ville beige.

10

Entre-temps, Anna venait de sortir le premier numéro de son journal. Georges L'après-midi a appris cette nouvelle en écoutant la radio, pendant qu'il prenait son café de la matinée au bistrot du coin de la rue, là où il avait tué Viktor. Le nom du journal était simple, mais réussi : « Le Messager de l'après-midi ».

On dirait qu'Anna l'avait appelé ainsi en pensant à lui. Rien qu'à lui ? Aux autres aussi, au fond, à ses semblables qu'étaient les habitants de la petite ville.

Georges s'est mis à courir, à courir, lui aussi, après tant d'années. J'ignore s'il lui était déjà arrivé de courir pour de bon, mais il le faisait pour aller acheter le journal d'Anna.

Rien. Aucune nouvelle de Viktor, sa victime. Aucun écho de son crime. C'était un journal aride, presque littéraire, rempli de sensations glanées sur Internet.

« Comment est-ce possible ? Mais comment donc est-ce possible ? » se demandait-il à haute voix dans la rue, et cela pour la première fois de sa vie. Il était en train de faire deux choses inouïes, fantastiques : courir et crier. C'était extraordinaire.

Deux passants ont tourné la tête et Georges L'après-midi, contrairement à ses habitudes, n'a éprouvé aucun sentiment de honte, il s'en est moqué comme de sa première chemise et, ce qui était le plus important, il n'avait pas du tout bégayé, quoique très nerveux.

11

C'est le soir qu'il a téléphoné à Anna. Elle avait une voix fatiguée, qui traînait péniblement.

– Alors, tu as vu mon journal ? lui a-t-elle demandé sans aucune hâte.

– Oui, lui a-t-il répondu, je l'ai vu, mais il n'y a rien à propos de Viktor.

– A propos de Viktor ? Allons donc ! Qu'est-ce que tu veux que j'écrive à son sujet ? Je viens à peine de le quitter. Nous nous sommes rencontrés par hasard et nous avons pris un verre ensemble. Il n'a pas changé, lui, c'est un mollasse.

Georges a complètement perdu la boussole. Jusque-là, il n'avait fait que penser à toutes sortes de situations

les unes plus compliquées que les autres. Soudain, une idée lui a traversé l'esprit : Anna serait-elle une provocatrice comme tant d'autres ? Mais, aussitôt, il s'est dit qu'elle ne devait pas être tout à fait dans son assiette après les pénibles efforts qu'elle avait dû fournir pour publier enfin son journal.
– Ah, bon ? a-t-il dit, puis il a raccroché.

12

Non. Si. Il a vu, de ses propres yeux vu Viktor tournant sur le manège en face de chez lui en même temps que ses enfants et sa femme, son épouse de toujours. Gentil et on ne peut plus prévenant, il caressait ses enfants, un bras passé autour du cou de sa femme.
Ensuite, il l'a vu quitter le manège et se mettre à courir sur la pelouse en poursuivant ses enfants. Puis, il s'est roulé dans l'herbe tandis que les petits essayaient de grimper sur son dos. Sa femme, elle, riait de bon cœur.
C'était tard dans l'après-midi, un grand soleil rouge tâchait de se coucher sans se faire mal sur la crête dentelée de la montagne.

13

Epouvanté, Georges L'après-midi a dévalé les marches menant à sa cave. Il haletait et écarquillait ses yeux comme s'ouvrirait une grosse bûche flambant dans l'âtre. S'emparant de la pelle à manche court, il s'est pris à creuser. Peu après, sa pelle a heurté quelque chose de mou, de presque pourri.
Aussitôt, une odeur insupportable lui est montée au nez et il a eu un haut-le-cœur ; puis, il a rendu tripes et boyaux dans un coin. Après, il a respiré profondément, s'est ressaisi et, les yeux mi-clos, s'est penché sur le cadavre. Avec ses doigts, il a commencé à en nettoyer

le visage sali de terre. Soudain, il a poussé un cri perçant, bouleversant, semblable à ceux poussés par un homme qui va mourir d'une mort très violente. Il n'arrêtait plus de hurler.

Le cadavre déterré et à moitié décomposé n'était pas celui de Viktor, mais le sien propre, celui de Georges L'après-midi.

14

Pendant que, horrifié, Georges L'après-midi remontait l'escalier, son cadavre s'est ranimé, secoué, il a respiré profondément, s'est étiré comme après une sieste en pleine canicule, a posé une main sur le front et, ayant quelque peu repris ses esprits, s'est relevé. D'un pas chancelant au début, il a toutefois réussi à remonter l'escalier. Il connaissait fort bien les lieux. Il s'est rendu aussitôt au vestibule, s'est regardé dans la grande glace, souillé de sang et de terre comme il était, et a esquissé un sourire lumineux.

Tout en souriant, il a remarqué que ses ongles avaient poussé et qu'un petit bouton lui était venu au menton. Il s'est gardé d'y toucher, malgré sa vieille habitude de s'occuper avec soin de tout ce qui semblait compromettre l'intégrité de son visage.

15

Le Cadavre venait d'entrer dans la salle de bains et Georges L'après-midi n'a pu s'empêcher d'observer sa silhouette déjà sous la douche. La vapeur passait par la fente au-dessus la porte et pénétrait peu à peu dans sa chambre. Et pendant que le Cadavre sifflait une valse de Strauss en se douchant, Georges L'après-midi sentait comment il se décomposait tout entier avec, malgré lui, une dernière pensée pour Anna.

Un rêve américain

1

« Je vendrai ma voiture et je partirai aux Etats-Unis. Je n'ai plus rien à faire ici. Ça n'a plus de sens... Ma femme et ma fille sont là-bas, pendant que moi, je reste ici avec mes vieux. Non, ça n'a vraiment plus aucun sens. Je prends depuis longtemps soin d'eux, mais ça suffit maintenant. Je sais bien qu'ils sont d'un âge très avancé, mais ils ont une fille aussi, et c'est ma sœur. Qu'elle s'occupe d'eux à son tour ! Je n'y peux rien. Au fond, on ne vit qu'une fois. Qu'est-ce que tu en penses, toi ? »

C'est ce que mon voisin me dit presque chaque matin après que j'ai descendu l'escalier de l'immeuble où nous habitons, lui et moi. Il sait que je prends mon café au bistrot d'à côté et il m'y attend régulièrement. Il va de soi que je devrai changer de bistrot à cause de lui. Si je ne l'ai pas fait jusqu'à présent, c'est que je prenais ses paroles au sérieux, c'est-à-dire qu'un jour ou l'autre il vendrait sûrement son auto, quitterait ses vieux et rejoindrait enfin sa femme et sa fille là-bas, aux Etats-Unis.

Mais chaque matin, sa vieille auto, une Fiat Uno, est garée devant le bistrot d'à côté. A l'intérieur de celui-ci, il y a Tsouf avec sa moustache, pendant qu'au-dessus de mon balcon sa mère, le regard rayonnant de bonté, met son linge à sécher.

J'entre dans le bistrot prendre mon café du matin,

que je ne prends jamais chez moi, et, dès qu'il m'a vu, Tsouf déplace un tout petit peu la chaise où il voudrait que je m'asseye. En général, le bistrot est plein de gens qui se connaissent entre eux. Tsouf s'y installe au moins une heure avant que je n'arrive et, après avoir vainement tenté de lancer quelques piques aux clients des tables voisines, il m'attend. Son attente est devenue presque proverbiale, alors que je suis pratiquement le seul à lui offrir un café chaque jour.

« Mais oui, l'ami Tsouf... Tu as raison... Vends donc ta bagnole... Confie tes vieux à ta frangine et va-t'en, toi aussi... Bien sûr, il y a là-bas ta femme et ta fille qui t'attendent. » Ce sont là, vous vous en doutez, les paroles que je lui dis chaque matin avant de prendre congé de lui pour me rendre à mon bureau.

2

Je n'ai jamais connu la femme de Tsouf. Je ne l'ai vue que sur une photo que Tsouf m'a montrée un jour en profitant des quelques minutes que nos passons ensemble pour siroter chacun son café. L'espace d'un instant, j'ai cru être devenu muet en l'apercevant sur la photo, mais je me suis aussitôt ressaisi. J'ai joué l'indifférent et cherché des yeux le garçon pour lui demander l'addition.

– Comment faire agrandir cette photo ? Est-ce que tu connaîtrais un bon photographe ? m'a demandé Tsouf à brûle-pourpoint.

– C'est simple, lui ai-je répondu, je peux te l'agrandir sur le scanner de mon bureau. Dans quelles dimensions ?

Il a juste dit « Je la voudrais aussi grande que possible » avant de me la coller dans la main. Je l'ai prise sans aucun enthousiasme pour la glisser dans la poche intérieure de mon veston.

– Comment s'appelle-t-elle, Tsouf ?
– Anna, a-t-il ne dit en ne prononçant pas de la même façon les deux « a ».
– Anna ? Bon, j'essaierai de le faire le plus vite possible, lui ai-je promis et je suis sorti.
Mon Dieu ! C'était la plus belle femme que j'aie jamais vue de ma vie. M'étant éloigné de quelques pas de l'entrée du bistrot, j'ai sorti discrètement la photo de ma poche et j'ai commencé à la contempler sans faire attention où je mettais les pieds. C'était une merveille de femme. Aux trois quarts de profil, avec ses cheveux blonds attachés sur la nuque, ses lèvres érectiles à peine closes, ses pommettes saillantes et ses grands yeux verts. Anna, la femme de Tsouf, était, pour moi, la femme idéale. Elle était digne de fournir matière à fantasmes à n'importe quel homme en mal d'amour et doué d'une imagination fertile.

« Je vendrai ma voiture et je partirai aux Etats-Unis. Je n'ai plus rien à faire ici. Ça n'a plus de sens... Qu'est-ce que tu en penses, toi ? » J'avais encore dans les oreilles ces paroles de Tsouf. Quel genre d'homme était-il pour ne pas partir aussitôt retrouver une femme semblable ?

Puis, en m'approchant de mon bureau sa photo à la main, j'ai pensé que je ferais mieux de lui acheter sa voiture, de placer avec mon argent ses parents dans un asile et de lui dire : « Vas-y maintenant, l'ami Tsouf. Tu n'y peux rien. Au fond, on ne vit qu'une fois. Vas-y donc ! » C'est en monologuant de la sorte que j'ai enfin gagné mon bureau.

3

– Tu as de la chance, comme toujours, m'a dit le grand chef dès que nous nous sommes retrouvés face à face au haut de l'escalier, alors que moi, je dois choisir entre voyages et entrevues. Tu partiras à ma place aux Etats-Unis. A Washington, plus précisément. Achète-toi un billet d'avion et pars dès demain. Moi, je dois recevoir une délégation de haut niveau. Quelle fâcheuse affaire !

Et il est rentré dans son bureau.

A Washington ! Je venais de voir ce nom écrit au verso de la photo d'Anna, la femme de Tsouf. A Washington ! Et je devais partir le lendemain. Je n'avais pas de temps à perdre, même pas une minute. Il m'a donc fallu remettre la photo en poche et retourner chez moi.

Je n'ai pas eu le temps de dire à Tsouf quoi que ce soit. J'ai juste passé un coup de téléphone à ma femme, qui était à son bureau. Nous avons commencé à fouiller ensemble dans nos meubles pour faire ma valise. Ensuite, j'ai acheté mon billet d'avion et vaqué à tout ce que nécessite un tel voyage. Ma femme en a un peu assez de mes voyages imprévus, mais, par ailleurs, elle sait mieux que quiconque ce dont un homme a besoin quand il part en voyage.

4

Une fois arrivé au petit aéroport de la capitale, je me suis aperçu que j'avais toujours sur moi la photo d'Anna. Elle était restée là, dans la poche intérieure de mon veston, où je mets d'habitude, quand je voyage à l'étranger, mon billet et mon passeport. Se trouvaient ainsi ensemble sa photo, la mienne sur mon passeport, mon billet et l'itinéraire à suivre ou plus exactement le moyen servant à réduire les distances.

Ce n'était pas la première fois qu'il m'arrivait de franchir l'océan. Je savais que c'était un vrai supplice pour moi, car je n'appartenais pas à cette catégorie de gens qui réussissent à dormir pendant tout le trajet ou qui lisent tout le temps. Moi, au contraire, je devenais la proie d'une espèce d'étourdissement, je sombrais dans une sorte de demi-sommeil, retrouvant une réalité montée de toutes pièces, qui me rendait tantôt heureux, tantôt triste, au point d'avoir mal au dos.

Cette fois, pendant tout le voyage, mon espèce d'étourdissement a franchement outrepassé la réalité. Y ont certes contribué le beau temps, le ciel pur de tout nuage et l'air d'une limpidité exceptionnelle. En regardant par le hublot, juste au moment où, après avoir survolé le vieux continent, l'avion se trouvait au-dessus de l'océan, j'ai remarqué tout en bas, c'est-à-dire sur l'eau, un point lumineux qui se déplaçait, lui aussi. S'apercevoir du mouvement d'un point lumineux d'une hauteur de dix mille mètres, signifie qu'il se déplaçait pour de bon et à une grande vitesse. Ensuite, j'ai fermé les yeux et après, en m'assoupissant, il m'a plu d'imaginer que le point lumineux qui se déplaçait tout en bas, sur l'eau, c'était la voiture de Tsouf. Celui-ci était parti au volant de sa Fiat pour se rendre aux Etats-Unis et, vu la vitesse à laquelle il conduisait, il y avait des chances pour qu'il y arrive avant moi. Bien qu'à bord de sa Fiat, Tsouf était habillé en pirate du Moyen Age. Il avait perdu un œil dans le combat qu'il venait de livrer. Un bandeau noir, en cuir, lui cachait l'orbite creuse de son œil perdu. Il était armé jusqu'aux dents : pistolets et poignards, cordes et grappins pour aborder tout navire sur lequel il aurait jeté son dévolu avec son œil unique ; il brandissait aussi une paire d'énormes tenailles pour briser le cou au plus rusé des loups de mer. Je ne saurais affirmer avec certitude si Tsouf avait ses deux mains. En tout cas, il semblait plus fier que jamais et, apparemment, il avait dû changer d'avis au dernier moment, puisqu'il n'avait pas vendu son auto.

Ensuite, à un certain moment, il a relevé la tête et m'a reconnu. Nous avons échangé un sourire, le plus amical de notre vie, nous nous sommes salués en agitant la main et, sûrs de ce que nous faisions, nous sommes retournés chacun à sa solitude...

5

La réunion importante à laquelle je devais mon voyage éclair aux Etats-Unis, n'a duré que deux journées. Deux journées bien remplies qui vous laissaient à peine le temps de respirer. Il ne me restait qu'une journée de libre, car le lendemain je devais reprendre l'avion pour retourner au pays. Or, comme je n'ai rien d'important à vous raconter sur les deux journées de cette réunion importante, je vous dirai que j'ai essayé de faire un programme de visites dans la ville pour la troisième journée. J'étais rentré à l'hôtel épuisé après le dîner d'adieu offert par les organisateurs de la réunion. Il devait être minuit passé, ce qui voulait dire que le soleil s'était levé sur le vieux continent. Quoique très fatigué, je n'avais pas du tout sommeil. Et, dans ma solitude, entouré de mes affaires éparpillées partout dans la chambre, j'ai de nouveau pensé à la photo d'Anna. Elle était là, sur la table de nuit. Je l'ai prise et regardée longuement. C'était vrai : au verso il y avait le nom et le prénom de la femme de Tsouf, son adresse et son numéro de téléphone à Washington. A ce moment-là, il n'y avait à mes yeux rien de plus tentant que ce numéro de téléphone. Tout était là : l'appareil téléphonique, le numéro de téléphone d'Anna, sa photo et moi-même, qui avait de plus en plus envie de lui téléphoner. Sauf qu'il était trop tard pour l'appeler. « Comme si tu ne pouvais pas le faire demain », me suis-adressé à moi-même pour me répondre aussitôt : « Je le pourrais, mais elle risquerait d'être à son travail et... et ça signifie que je n'aurai aucune chance de la rencontrer. » Je n'arrivais pas à m'expliquer cette irrésistible envie de téléphoner à la femme de Tsouf.

– Allô ! Madame Anna X ? Excusez-moi de vous déranger à une heure pareille, mais... Je suis... Je viens de Tirana et je serai ici quelque temps, c'est-à-dire encore demain. J'ai pensé que vous auriez probablement une lettre pour votre mari ou... quelque chose d'autre.

– Oh ! merci, merci infiniment. Je me ferai un plaisir de vous rencontrer. J'ai le mal du pays, de Tirana, de tout... Je suis donc prête à vous voir dès demain, dites-moi seulement où et quand.

Sa voix, à l'autre bout du fil, était chaude, presque émue. Je lui ai dit qu'il me conviendrait de la rencontrer vers neuf heures à l'entrée de la Philips Collection, tout près de mon hôtel.

– Mais comment ferai-je pour vous reconnaître ? m'a-t-elle demandé.

– Ne vous inquiétez pas. J'ai une photo de vous. C'est donc à moi de vous reconnaître.

6

J'avais presque passé une nuit blanche, mais en quittant l'hôtel à neuf heures moins dix, je me sentais libre. Je n'avais rien emporté cette fois, ni serviette, ni quoi que ce soit d'autre, et je marchais les mains enfoncées dans les poches. Je me suis adossé à une des colonnes de la Philips Collection et j'aurais eu l'impression d'être vraiment quelqu'un du pays, si un monsieur grand et mince ne m'avait pas, en passant près de moi, salué en russe : Zdrasvouytyé ! » J'ai ri intérieurement et je l'ai salué à mon tour, mais en albanais. Je n'ai pas tardé à me rendre compte d'avoir choisi le moment le moins opportun pour un rendez-vous avec quelqu'un que je n'avais vu que sur une photo : c'était l'heure où tout le monde se rendait à son travail, ce qui expliquait le flot d'employés qui déferlait vers moi. J'ai donc été obligé de sortir encore une fois la photo d'Anna et de la garder dans la main. J'y ai jeté un coup d'œil, puis j'ai regardé autour de moi. Ne l'apercevant toujours pas, j'ai eu l'impression d'être un personnage romantique qui attendait sa bien-aimée.

Il était neuf heures vingt et il y avait encore du monde autour de moi, mais elle était encore invisible. Au bout d'un moment, j'ai de nouveau regardé la photo et, une fois de plus, je me suis rendu compte que personne autour de moi ne lui ressemblait. Ce n'est qu'à neuf heures et demie que j'ai vu une dame d'environ quarante ans, petite, sèche, fatiguée, s'approcher pour me dire dans ma langue : « Bonjour. Vous êtes albanais ? » avant de prononcer mon nom.

– Je suis Anna, a-t-elle dit, la femme de Tsouf.

Elle, la femme de Tsouf ? Elle, Anna ? Mais ce n'était pas du tout celle de la photo ! Aucune ressemblance entre les deux !

J'ai senti me gagner un grand froid. J'avais les membres engourdis, la bouche sèche. J'ignore de quoi j'ai eu l'air à ce moment-là, mais j'imagine que je devais ressembler à quelqu'un qu'on tire brusquement d'un sommeil profond.

– Comment allez-vous ? lui ai-je demandé en lui tendant la main.

– Comme ci, comme ça, m'a-t-elle répondu. Je suis là depuis une bonne demi-heure.

Et elle a souri.

– Ah bon ?... Mais moi aussi !

Sans doute n'avait-elle pas manqué de remarquer et mon étonnement, et mon engourdissement, et mon embarras.

– Je voulais vous le dire dès hier soir, mais j'étais gênée. Je voulais vous dire que la photo ne vous

aiderait pas à me reconnaître. J'ai tellement changé…
— Non, lui ai-je dit en balbutiant.
— Si, si, c'est vrai… Mais ma fille… elle est si belle…, a-t-elle conclu, les larmes aux yeux et le sourire aux lèvres.

Nous avons fait quelques pas, moi tout étourdi et elle articulant encore quelques mots. J'avais oublié tout ce que je devais lui dire : et mes compliments, et les projets de son mari pour vendre sa voiture et venir rejoindre sa famille à Washington.

Mais, grâce à Dieu, elle en a eu assez de mon attitude digne d'un imbécile endormi et a fait ce qu'il lui restait à faire à ce moment-là : elle s'est retournée et m'a tendu la main.

— Je vais vous laisser et je vous demande pardon d'avoir abusé de votre temps. Je vous prie de ne rien dire à Tsouf… et… et… bon voyage !

7

Je suis rentré en Albanie le lendemain de cette étrange journée que j'avais passée dans un vide horrible, angoissé et peu sûr de ce qui venait de m'arriver. J'avais même oublié d'acheter des cadeaux pour ma femme et mes enfants. Rien. Je n'éprouvais qu'un sentiment de lassitude.

L'avion a atterri tôt le matin et je me suis retrouvé chez moi vers sept heures. J'ai embrassé les miens, j'ai bu mon bol de lait et je suis sorti comme d'habitude pour me rendre à mon bureau.

Tsouf m'attendait au bistrot. Il a déplacé un tout petit peu la chaise à côté de lui et je m'y suis assis.
— Je ne t'ai pas aperçu ces jours-ci, m'a-t-il dit.
— Eh bien, je suis sorti plutôt tard dans la matinée. Je ne me sentais pas bien… c'est pour ça. Alors, quoi de neuf ?

– Oh ! rien. Je vendrai ma voiture et je partirai aux Etats-Unis. Je n'ai plus rien à faire ici. Ça n'a plus de sens... Ma femme et ma fille sont là-bas, pendant que moi, je reste ici avec mes vieux. Non, ça n'a vraiment plus aucun sens. Je prends depuis longtemps soin d'eux, mais ça suffit maintenant. Je sais bien qu'ils sont d'un âge très avancé, mais ils ont une fille aussi, et c'est ma sœur. Qu'elle s'occupe d'eux à son tour ! Je n'y peux rien. Au fond, on ne vit qu'une fois. Qu'est-ce que tu en penses, toi ? »

Le dernier anniversaire

1

La première pensée qui l'effleura, ce fut de se remettre debout dans ce drôle d'endroit où il était tombé, à moins qu'on ne l'y eût déposé. Mais ce n'était pas facile. Il essaya d'abord de se relever en s'appuyant sur les coudes et en repliant les genoux sous le ventre, mais il versa de côté et retomba sur le dos. Il voulut ensuite essayer d'une autre manière, mais n'y arriva pas non plus. Il se sentait fatigué, épuisé même. C'est alors seulement qu'il tenta d'ouvrir les yeux et se rendit ainsi compte de se trouver sous un ciel immense. Il n'avait pas dû dormir longtemps car, à son réveil, il constata une fois de plus qu'il était dans un espace presque illimité. Il regarda le firmament et le rose du soleil couchant qui le traversait de bout en bout. Maintenant, se sentant mieux, il refit les mêmes mouvements que la première fois. Il replia les genoux sous le ventre, appuya fortement sur ses mains posées à plat et se remit enfin debout. C'était merveilleux ! A présent il voyait bien que le terrain où il avait fini par atterrir, était une très belle prairie, semblable à celle dont il rêvait depuis plusieurs mois. Ensuite, il s'aperçut qu'en fait cette prairie n'était pas aussi étendue qu'elle lui avait paru quand il y restait couché et que, quelque part à gauche, elle confinait à une route carrossable. C'était magnifique ! Il leva les bras et comprit qu'il pouvait s'en servir pour garder l'équilibre. C'était formidable ! Il ne fit ainsi, dans la posture d'un crucifié, que deux ou trois pas, car quelque chose comme un serpent se glissa entre ses jambes, s'y enroula en serrant très fort, et il tomba. Cette fois, il se trouvait à un endroit humide. Mais il savait déjà très bien comment faire pour se remettre debout et ne perdit pas son temps. Il se releva et, pour la première fois de sa vie, conçut un doute au sujet de la maudite entrave qui l'avait fait tomber. Il baissa les yeux et avisa quelque chose comme une corde qui lui pendait au ventre. Il cracha par terre et jura autant qu'il le put, mais à mi-voix. C'était son cordon ombilical qu'il avait complètement oublié. Il aurait dû s'en occuper dès le début, quand il était encore couché par terre, mais, malheureusement, le miracle de la position debout avait obnubilé sa pensée. Il réagit aussitôt en le saisissant avec délicatesse pour se l'attacher autour de la taille. Maintenant il pouvait marcher librement, sans s'inquiéter de rien.

L'horizon était devenu encore plus rose, passant presque au rouge pâle. Ce détail fit diversion : l'idée de se laver qu'il avait eue tout à l'heure, venait de quitter son esprit. Cette idée l'avait frôlé quand il était encore couché et qu'il avait eu du mal à se reconnaître tel qu'il était, tout en sang. Au fond, il craignait d'effrayer ceux qui risquaient de le voir barbouillé de rouge. Il se rappela un mot ancien : « Un spectre rouge hante l'Europe » et il partit d'un grand éclat de rire. Que Dieu nous protège de pareilles bêtises ! Le plus pressant était de trouver un endroit propice où se laver à grande eau pour avoir ainsi l'air décent comme les autres hommes.

Il obliqua à droite et, après avoir fait un bout de chemin, il eut la chance d'atteindre le bord d'un torrent qui coulait on ne sait d'où. L'eau était glacée, mais il n'avait pas le choix. Il se dit qu'un brusque changement de température corporelle n'était pas bon pour la santé, mais il n'avait pas de temps à perdre. Il se lava, se frotta pour autant qu'il put, mais il lui fut très difficile d'enlever les taches de sang séchées. C'est chiant, pensa-t-il. Il risquait de prendre froid sans toutefois arriver à se nettoyer correctement. Il y renonça. Tout, ce jour-là, semblait aller de travers pour lui. Le soleil s'était couché, il ne pouvait donc plus profiter de ses rayons pour se sécher et, naturellement, la fraîcheur du soir se faisait sentir.

Pris de pitié pour ceux qui l'avaient abandonné, il se mit à plaindre leur sort. Cette fois il s'agenouilla volontiers et pria pour eux. Que Dieu les protège ! Ainsi soit-il ! dit-il à haute voix. Puis il se redressa, leva les bras et se sentit vraiment soulagé. Il avait déjà commencé à ressembler à un être humain au double point de vue corporel et spirituel.

Il obliqua à gauche et chercha du regard la route qu'il avait aperçue tout à l'heure. Il n'eut aucun mal à s'orienter. Tout devenait de plus en plus facile pour lui. C'était merveilleux !

2

Marin Lebref, chef de police d'un des arrondissements les plus problématiques de la ville, venait de sortir de chez lui et pester intérieurement contre le service de nuit qu'il devait assurer une fois par semaine. Son maudit arrondissement se trouvait dans une banlieue peuplée de familles récemment installées et de chemineaux. Au-delà, s'étendaient des champs et des villages, ce qui lui donnait l'impression de n'être ni à la campagne, ni en ville.

Ce sentiment ambigu avait commencé par déteindre sur son caractère. Autrefois, il avait été un élève, puis un étudiant exemplaire. Citadin de père en fils, descendant d'une famille bien élevée traditionnellement catholique, il devenait peu à peu homme pratique, presque pragmatique. Sa métamorphose s'expliquait peut-être par la nature de son travail. En fait, c'était dû moins à la nature de son travail qu'à son échec sur le plan professionnel. Il avait eu des qualités extrêmement précieuses, un flair politique infaillible, des connaissances juridiques assez complètes, et il en avait pris conscience très tôt. Mais dans cette maudite ville on voyait fonctionnait un étrange mécanisme. Les personnes élues ou nommées étaient toutes soumises à l'autorité supérieure, elles n'avaient aucune idée propre, toujours promptes à s'aplatir devant toute sorte de médiocrité et, sans nul doute, à se laisser corrompre très facilement. Il ne leur était jamais commode de garder près d'elles, dans certains bureaux quasi inaccessibles, des gens à l'esprit fertile. Elles peinaient à lire quoi que ce fût et ne regardaient jamais plus loin que le bout de leur nez. En-deçà, si. Elles évoluaient au gré des conjonctures avec la même facilité qu'un caméléon. Oui, un caméléon, parce que, en vérité, leur adaptation était le résultat non pas d'une intelligence exceptionnelle, mais d'un instinct parfait, né et consolidé dans des situations très suspectes.

Marin Lebref retournait tout cela dans sa tête, surtout quand il était de service la nuit et qu'il n'avait pratiquement rien à faire. Ensuite, il pensait à la vie qu'il menait, à ses amis qui, comme lui, avaient fini par devenir de petits fonctionnaires soucieux de travailler pour être à flot, sans plus. Absorbé par ces réflexions, il était arrivé à son bureau et voulut s'informer de la situation. Il demanda si tous les agents étaient déjà à leur poste, s'il y avait eu quelque incident sortant de l'ordinaire, et, s'étant ainsi rassuré que tout était dans l'ordre, monta dans la voiture de contrôle et repartit. Il dit au chauffeur de rouler lentement et de passer d'abord par le centre-ville. Il souhaitait vivement quitter la banlieue, ne serait-ce que pendant quelques minutes. Mais juste au moment où il avait commencé à retrouver un certain calme et que, les yeux mi-clos, il observait les citadins qui, nombreux, rentraient chez eux d'un pas tranquille, lui parvint de sa poche le signal de son talkie-walkie. Il appuya sur le bouton du haut-parleur. Il entendit la voix d'un agent du dernier carrefour de son quartier périphérique.

– J'ai remarqué un drôle de type tout blanc qui rôde entre les immeubles, dit-il, je l'ai suivi un bon bout de chemin, je lui ai crié « Halte ! » à plusieurs reprises, mais je n'ai pas osé tirer. Il avait l'air bizarre. J'ai besoin de renfort. Compris ?

– Compris, lui répondit Martin Lebref plutôt intérieurement qu'à haute voix, et il dit au chauffeur de se diriger vers le dernier carrefour de la banlieue est. Ce n'était pas la première fois que cet imbécile d'agent l'informait de choses étranges. Et chaque fois qu'il s'était rendu sur place avec du renfort, il n'avait rien constaté de suspect. S'il en était encore ainsi, il le licencierait. Peu lui importait ce qu'en diraient ses supérieurs ! Tout compte fait, ils n'avaient qu'à choisir entre cet imbécile d'agent et lui-même. Au moins y trouverait-il un prétexte pour renoncer une fois pour toutes à ce maudit métier !

La voiture avait commencé à rouler vite et, à chaque virage, Marin Lebref se balançait malgré lui. Une fois arrivé, le crissement des freins le rappela à la réalité. Il descendit. Il n'eut pas de mal à rejoindre l'agent au garde-à-vous au coin d'un immeuble.

– Il est là, dit ce dernier à voix basse.
– Où, ça ?
– A l'escalier C de cet immeuble, répondit l'autre,

toujours à voix basse.

– Ecoute-moi ! cria Martin Lebref, s'il n'y a personne, sache bien que tu seras aussitôt licencié. Sinon, c'est moi qui m'en irai.

– Oui, chef ! murmura l'agent.

A la tête des autres, Marin Lebref se lança vers l'escalier C. Il sortit son revolver, fit d'un bond irruption dans la cage de l'escalier, les bras tendus et le canon de son arme pointé devant lui. Mais il n'y avait personne. Il se mit à gravir lentement les marches, prudent, et atteignit ainsi le quatrième et dernier étage. Là, il remit son revolver dans l'étui et dégringola l'escalier en vitesse. En bas, il retrouva l'agent en compagnie de son chauffeur.

– Tu es licencié ! lui dit-il, tu rendras ton arme et tes effets demain matin.

– Oui, chef ! répondit l'agent en clignant les yeux.

Le chauffeur se dirigea vers la voiture, Marin Lebref lui emboîta le pas, lorsque l'agent cria à tue-tête :

– Regardez ! Il est là !

Marin Lebref fit vivement demi-tour et, cette fois, il distingua comme un nain à la tête recouverte d'un bas blanc, du moins en eut-il l'impression. Il se rua sur lui en criant plusieurs fois « Halte ! ». Mais ce fut peine perdue. Le nain disparut en un clin d'œil et le chef de police demeura comme frappé de stupeur sur la petite place entre les immeubles.

Il ressortit son talkie-walkie et entra en liaison avec la station de police pour recevoir tous les renforts possibles.

3

L'encerclement de la zone avait duré toute la nuit et, le matin, les agents de police se sentaient fourbus. Marin Lebref ne pouvait pas réclamer de nouveaux renforts, car, apparemment, c'était inutile, l'affaire devant être menée tout autrement. Assis à son bureau, il se mit à rédiger un rapport surtout pour justifier dans une certaine mesure, aux yeux de ses supérieurs, le remue-ménage de la veille. Heureusement, son rapport serait confirmé par les témoignages, sans aucun lien entre eux, de nombre de policiers, qui, malgré l'obscurité, avaient entraperçu l'étrange personnage. Ces témoignages se recoupaient d'ailleurs parfaitement. Tous concordaient à dire d'avoir remarqué une petite silhouette blanche, aux formes humaines, qui se cachait on ne savait où dès qu'ils s'en approchaient en braquant sur elle leurs mitraillettes.

Au moment où il remit son rapport, qui, une fois dactylographié, ne dépassait pas les deux pages, le commissaire de police, l'air soupçonneux, lui recommanda de faire en sorte que les agents ayant participé à l'opération soient très discrets tant que cette histoire n'aurait pas été tirée au clair. Surtout ceux qui n'avaient rien vu de leurs propres yeux, car il était évident qu'à partir d'une description faite par un témoin oculaire, l'imagination du commun des mortels pouvait exagérément transformer les faits. Pour la première fois de sa vie, Marin Lebref trouva que son chef n'avait pas tort.

Il fit aligner l'escadron de la veille et dit sur un ton assez tranchant :

– Aucun de vous, quelles que soient les circonstances, où qu'il se trouve, même dans la plus grande intimité, ne doit souffler mot de l'opération d'hier soir et encore moins de la personne recherchée. C'est un ordre. Celui qui ne l'exécute pas, recevra le plus sévère châtiment dont vous ayez jamais entendu parler.

Et il se tut. Puis, ayant donné aux policiers l'ordre de rompre les rangs, il demanda à son chauffeur de le ramener chez lui.

Chemin faisant, il se disait que la police devait suivre une autre méthode, classique celle-là : faire surveiller la zone par des policiers armés en civil. Il lui en fallait au moins cinq. Mais une surveillance pareille, qui pouvait se prolonger pendant trois ou quatre jours, sinon plus, devait être autorisée par le commissaire. Il regretta alors d'avoir rédigé un rapport aussi concis sans souligner davantage le danger social que pouvait présenter la personne recherchée. Depuis très longtemps, il était incapable de rédiger des rapports prolixes.

4

Ayant traversé la route, il fut très étonné de se trouver à proximité d'un bloc d'immeubles. Des mois durant depuis qu'il avait été conçu, il n'avait jamais pensé qu'il serait un jour confronté à une réalité semblable. Il avait toujours imaginé des horizons dégagés, des prairies, forêts, petits chalets, oiseaux, lapins, chevreuils, eaux bleues et, naturellement, des hommes paisibles et plein d'autres choses, elles aussi paisibles.

Là, il fut pris d'une nausée soudaine à la vue des grands murs de briques, des panneaux en béton et des amas d'ordures répandus un peu partout. Il s'abattit de tout son long qui sait combien de fois en trébuchant contre toutes sortes d'objets. Son cordon ombilical s'était dénoué à plusieurs reprises et devenait réellement encombrant. Mais il n'y avait rien à faire, d'autant plus qu'il ne fallait pas y toucher – cela, il le savait bien – en attendant qu'il se détachât tout seul de son ventre au bout de quelques jours.

Ensuite, il avait tenté d'examiner de près les environs et c'est là, juste sur une petite place située entre deux immeubles, qu'il était tombé sur l'homme au képi qui l'avait interpellé à grands cris. Il en avait pris peur et, profitant de sa petite taille, avait réussi à se dérober sans que l'autre s'en rendît compte. Il avait été contraint de se tenir caché un bon moment et d'attendre le départ d'un second homme, qui brandissait un revolver. La vue de cette arme surtout l'avait effrayé. Il en avait entendu parler et les coups de feu ne lui étaient pas du tout inconnus.

Or tout cela n'était rien en comparaison de cette nuit horrible où tout l'endroit avait été encerclé par des hommes au képi semblables à celui de la veille. Dieu seul savait comment il avait pu leur échapper ! Mais, enfin, ils étaient partis le matin et il s'était déjà ressaisi. Ce qui le tourmentait maintenant, c'était une faim dévorante. Il commençait à avoir les jambes flageolantes, les mains tremblantes et de plus en plus mal à la tête.

Il était parvenu fort habilement à se dissimuler sur la toiture en terrasse d'un immeuble, où, au début, il se sentit très bien en contemplant le ciel et les montagnes boisées à l'horizon. Plus tard, il avait été obligé de descendre pour aller chercher de la nourriture. Bref, de se débrouiller tout seul, comme un grand.

5

Les policiers, habitués leur vie durant aux menaces proférées et aux ordres donnés sans arrêt par leurs chefs, n'avaient pas pu s'empêcher de jaser. Notamment ceux qui, comme le commissaire l'avait pensé, n'avaient rien vu cette nuit-là, se mirent à raconter à droite et à gauche qu'ils avaient aperçu, au fin fond de la banlieue, une étrange créature toute rouge, aux dimensions gigantesques, qui se moquait des balles. Apparemment, ceux qui l'avaient vraiment vue, ne demeurèrent pas en reste. Ils essayèrent toutefois de s'en tenir à la vérité en affirmant qu'il s'agissait d'une petite créature, d'un blanc éblouissant, extrêmement rapide, qui apparaissait et disparaissait en une fraction de seconde. D'autres policiers, qui n'avaient rien vu du tout pour n'avoir pas été de service cette nuit-là, désireux comme ils étaient de montrer qu'ils connaissaient bien leur métier, firent circuler une troisième version. A les entendre parler, il s'agirait d'une créature extraterrestre, d'un espion venu on ne savait d'où enlever tel ou tel habitant de la ville. Et l'affaire s'était compliquée.

Deux jours plus tard, le seul quotidien de la ville envoya un journaliste au bureau de Marin Lebref demander des précisions au sujet des rumeurs répandues. Celui-ci se montra très discret et se retint de se prononcer ouvertement, il voulut même se débarrasser de l'autre en lui disant que ç'avait été une descente habituelle de la police, mais qu'elle s'était soldée par un échec. On recherche toujours la personne en question, avait-il conclu. Toutefois, le journaliste, dans son article, devait, certes d'une manière plus ou moins crédible, rajouter des choses qui abondaient dans le sens des rumeurs. Le lendemain de sa visite au bureau de Marin Lebref, *Le Messager* annonçait la nouvelle sous le titre « *Une étrange créature visite notre ville* » avec, pour sous-titre, « *La police, quoique bien informée, ne se prononce pas sur son identité* ».

Bien sûr, les habitants de cette ville étaient très enclins à croire ce que disaient les journaux, surtout ceux qui critiquaient l'administration en place, la police et les tribunaux. Ainsi cette nouvelle ne tomba-t-elle pas dans l'oreille d'un sourd. Désormais, les habitants du quartier périphérique concerné gardaient chez eux la lumière allumée toute la nuit. A l'époque, quelque ivrogne qui habitait au centre-ville fit circuler une blague de son cru au sujet d'un banlieusard qui, craignant d'être attaqué par l'étrange créature, ne se couchait plus la nuit comme de coutume, mais en mettant la tête à la place des pieds, pour que l'autre, croyant lui couper la tête, ne pût lui couper que les pieds. Et ce banlieusard était seul, dans son quartier, à dormir toute lumière éteinte.

Quoi qu'il en fût, personne n'avait le cœur à rire, notamment en banlieue. Avec le consentement du commissaire, Marin Lebref envoya, deux jours après, cinq policiers armés en civil surveiller discrètement l'endroit pendant la nuit. Le rapport qu'ils en faisaient chaque matin étaient bizarres. Ils étaient gênés dans leur travail par les habitants mêmes du quartier, qui les regardaient d'un œil suspect. Ainsi, quelques citoyens avaient informé la police que des civils armés rasaient mystérieusement les murs de leurs immeubles. Bref, au lieu de dénicher l'étrange créature et de tirer cette affaire au clair, les cinq policiers en civil n'avaient fait qu'agiter davantage les esprits.

Au bout de quelque temps, les rumeurs finirent par atteindre la capitale. Là, les journaux commencèrent à monter en épingle l'affaire de l'étrange inconnu recherché par la police locale, tant et si bien qu'un jour on vit arriver au commissariat de la ville le ministre de l'Intérieur en personne.

6

Depuis longtemps, le *Lux*, discret et, naturellement, paisible, était un des bars du centre-ville où l'on causait beaucoup plus que l'on ne consommait. A vrai dire, ceux qui s'y réunissaient étaient des gens de bien, j'entends par là des gens exerçant des métiers honorables ou théoriquement honorables. S'y côtoyaient donc écrivains, journalistes, peintres, architectes, musiciens et, à leur ombre, faux écrivains, faux journalistes, faux peintres et d'autres faux intellectuels. S'y retrouvaient également des étudiants et des élèves de terminale qui osaient évoquer ouvertement leur crise existentielle. Là, on discutait de l'âme, on disait pis que pendre de tous les autres écrivains et artistes, ainsi que des rustauds qui avaient commencé à affluer dans la ville, on faisait l'éloge de l'Occident, on se montrait sceptique envers ceux qui rentraient de l'étranger, on jurait de devenir l'homme le plus célèbre des Balkans en l'espace de quelques années, etc., etc. Puis, chacun baissait la tête, fixait la lourde table en bois revêtue de maroquin brun et ânonnait machinalement tout ce que des clients de passage y avaient écrit ou gravé, par exemple, *fuck you* et *all I need is your love*.

Or, même dans ce coin tranquille, où le café était bon marché, on avait fini par apprendre l'histoire du type bizarre de la banlieue. Bien entendu, ce n'était pas là un endroit où l'on pouvait facilement gober certaines choses, surtout si on ne les avait pas vues de ses propres yeux. D'une certaine manière, ici tout le monde était un peu comme Saint Thomas. Cependant, il arrivait très souvent aux plus incrédules eux-mêmes de donner d'un événement des versions encore plus fantaisistes que les plus naïfs.

– Ça pourrait être un extraterrestre, dit Luka, musicien à la retraite et ivrogne invétéré, qui venait dans ce bar juste pour lâcher quelque énormité de ce genre – j'ai vu récemment un court métrage très intéressant sur ce sujet.

– Un *marin* de l'aviation américaine a affirmé être entré physiquement en contact avec un extraterrestre, ajouta Pjetër, le propriétaire du bar. Il était peu loquace et, comme il y avait longtemps qu'il n'avait pas placé un mot, il jugea opportun d'offrir un café à tous les habitués qui étaient là. C'est-à-dire cinq en tout.

– Il est impossible de le prouver, répliqua à Luka

quelqu'un qui n'avait pas du tout suivi la conversation avant la tournée du patron.

– Un extraterrestre ne peut venir chez nous à pied, dit un autre encore, et personne n'a dit avoir vu au ciel quelque soucoupe volante ou quelque autre objet semblable.

– C'est des foutaises, tout ça ! Allez, qui vient prendre un verre ailleurs ? fit Luka en se levant, alors que les autres n'avaient pas encore commencé à boire le café offert par le patron.

7

Mark Lamairie était un bel homme toujours tiré à quatre épingles : costume noir, chemise blanche et cravate qu'il changeait tous les jours. Mais ce qu'il privilégiait le plus, c'étaient ses chaussures. Il disait même que Liza Kopi, sa femme, était tombée amoureuse de lui uniquement à cause de ses chaussures. A l'époque, il portait des chaussures de fabrication tchèque ou italienne et il avait l'habitude de s'asseoir à la terrasse d'un des cafés les plus fréquentés de la ville. Mais son raffinement allait encore plus loin. Il raffolait des choses rares et chères. Il connaissait bien les firmes de renommée mondiale et se souciait peu du prix à payer pour tout article griffé tel que les stylos Parker, les rasoirs électriques Philips, les cigarettes Dunhill et les briquets John Player Special. Bref, c'était un vrai dandy.

Sa femme, Liza Kopi, qui était réellement tombée amoureuse de Mark Lamairie à cause de son habillement impeccable (alors qu'il prétendait que c'était tout simplement à cause de ses chaussures), était le type de femme élégante trop présente dans certains lieux publics et ayant le goût du kitsch (mais certainement pas celui du kitsch vulgaire). Elle travaillait comme secrétaire à la Faculté des Lettres et des Langues vivantes et il faut reconnaître qu'elle connaissait quelques langues étrangères, du moins au niveau d'une conversation courante. Quant à son bureau, elle en prenait soin comme de sa propre maison. Elle collectionnait toutes sortes de gadgets et, naturellement, savait très bien se servir de l'ordinateur. A vrai dire, elle avait des jambes bien droites, pas trop minces, juste ce qu'il fallait, et ses cheveux couleur de rouille étaient coupés d'une manière très intéressante. Tout cela et d'autres traits encore la rendaient bien attrayante et même plus.

Il ne manquait à leur couple, et c'était naturellement dommage, que d'avoir des enfants. Mais s'ils n'en avaient pas, ce n'était pas parce qu'ils ne pouvaient pas, ni que l'un ou l'autre présentait quelque défaut génétique, mais tout simplement parce qu'ils ne voulaient pas, et cela semblait peu naturel. Apparemment, c'était dû à leur instinct narcissique profond. Cela, ils l'avaient démontré concrètement l'un à l'autre. Et, ce faisant, ils avaient prouvé théoriquement que la présence d'un enfant chez eux aurait bouleversé leur vie. Ils n'auraient plus pu cultiver leur propre personnalité, auraient trimé pour l'élever et, au bout du compte, seraient devenus comme tout le monde et fort peu intéressants aux yeux de leur entourage. Aucun d'eux ne souhaitait un pareil avenir. Mark aurait réellement compromis sa carrière de procureur et Liza sa carrière de femme. C'est donc pour cette raison qu'ils faisaient très attention. Mark utilisait des préservatifs, d'une marque spéciale, achetés en Occident, dans des sex-chops, et quand il en avait assez, c'était Liza qui prenait la pillule, d'une marque spéciale également. Il leur arrivait très rarement de faire l'amour sans recourir aux contraceptifs : c'était quand l'orage des sens ne leur permettait pas de perdre un seul instant.

Le soir, après dîner, en sortant se promener ou en recevant chez eux, ils aimaient bien, eux aussi, potiner. Liza surtout. Mark avait des scrupules à cause de sa profession, bien que, naturellement, il fût en général mieux renseigné que sa femme.

8

On le captura un matin, alors qu'on le recherchait depuis plus de quatre jours. On le trouva exténué et presque évanoui, sur la toiture en terrasse de l'immeuble 66 / 2, adossé à une des cheminées. A le découvrir ce ne furent pas les policiers armés en civil, mais une vieille femme qui, à peine l'avait-elle aperçu en étendant son linge à la terrasse, n'avait pas pu s'empêcher de pousser un cri. Tous les habitants de l'immeuble, qui ne dormaient plus depuis quatre nuits, l'avaient bien entendu. On vit d'abord accourir les hommes armés de couteaux et de haches. Leur petite troupe, qui prit l'escalier d'assaut, faisait penser à une jacquerie quelconque. Derrière eux, venaient les femmes, elles aussi armées d'une manière ou d'une autre. Les enfants avaient été consignés dans les appartements et seuls un ou deux récalcitrants avaient osé en sortir. Quand la petite troupe eut accédé à la terrasse, la vieille femme montra d'une main la direction à prendre, pendant que de l'autre elle se cacha la vue. Les premiers à avoir encerclé la petite créature glaireuse, reculèrent aussitôt de quelques pas, puis ils se turent. L'un d'entre eux, pris d'un malaise soudain, s'appuya contre un autre. Un troisième, le seul à avoir gardé son sang-froid, cria aux femmes de se tenir à distance. Personne ne vint donc toucher à l'intrus. Celui qui avait interdit aux femmes de s'approcher, redescendit en vitesse pour téléphoner à la police, tout en rassurant ceux qui lui posaient des questions dans l'escalier.

– Je ne sais pas si c'est la personne que vous recherchez, mais nous avons découvert à la terrasse de notre immeuble un drôle de type, on dirait un petit homme, dit-il avant de raccrocher.

Les policiers arrivèrent à l'instant, ils encerclèrent d'abord la place devant l'immeuble, puis sommèrent les gens d'en évacuer la terrasse. Ils enveloppèrent l'étrange créature d'un drap blanc, puis la transportèrent sur une civière. Pendant qu'ils descendaient l'escalier, les habitants, intrigués, ne purent rien deviner de précis sous le drap blanc, et n'en furent que plus sceptiques. Les portes entrebâillées se refermèrent sur le passage du dernier policier. Comme ils n'avaient donc rien vu d'insolite, les gens eurent hâte de remonter à la terrasse. Là, ils passèrent un bon moment à vitupérer contre la police et celui qui l'avait prévenue en les empêchant ainsi de jouir du spectacle. A la fin, quand ils allaient redescendre, un d'entre eux, qui était allé jusqu'au bout opposé de la terrasse, poussa un cri : « Ohé, regardez ! »

Il tenait au bout des doigts un long cordon de peau à moitié sèche et le faisait tourner de toute sa force. Les autres accoururent, mais s'en désintéressèrent aussitôt.

9

Marin Lebref était chez lui quand il apprit que l'inconnu recherché avait été capturé. Ils s'habilla rapidement et se dépêcha de regagner son bureau. Il se plut à l'idée que ses hommes avaient enfin débrouillé ce mystère et pensa que ce succès pouvait être une chance pour lui : il serait peut-être promu commissaire de police. Sa vie durant, il s'était montré bien plus compétent que ses collègues, mais il avait souvent joué de malheur. De toute façon, désormais tout dépendrait de lui-même, de ses réactions face à l'inconnu, des renseignements qu'il obtiendrait de lui, de l'importance que revêtiraient ces renseignements, etc., etc. Ce dernier point, c'est-à-dire l'importance des renseignements en question, dépendrait aussi, en quelque sorte, de lui-même. Cela pouvait arriver dans la police, notamment dans des cas pareils. Rajouter certaines choses par ici, en modifier certaines autres par là, et les renseignements obtenus prenaient des nuances convenant aux supérieurs ainsi qu'à l'opinion publique en général. Il savait déjà que, pendant quelques jours, il serait très sollicité par les journalistes et que ses supérieurs ne cesseraient de lui téléphoner chez lui. « Il ne m'en faut pas davantage », pensa Marin Lebref. Ensuite, il saurait manœuvrer pour tourner la situation à son avantage. En entrant directement en contact avec lui, les supérieurs de son commissaire à lui seraient sûrement en mesure de constater la différence de niveau entre son commissaire et lui-même. En tout cas, il mettrait au point son plan après avoir fait la connaissance de l'individu appréhendé.

Il entra dans son bureau et demanda à le voir aussitôt. L'agent de service lui dit qu'il le lui amènerait dès qu'il aurait fini de boire sa bouteille de lait.

– Qu'est-ce que c'est que cette histoire de lait ? demanda Marin Lebref, étonné.

– Quand il est arrivé, il s'est évanoui, répondit l'agent, mais, une fois revenu à lui, il a demandé à boire du lait.

– Ah bon ? s'exclama le chef de police.

– Puisque c'est un type recherché en toute priorité, nous avons pensé qu'il ne fallait pas le contrarier, dit l'agent, et nous avons envoyé quelqu'un acheter un litre de lait.

– Bon, d'accord, amenez-le-moi dès qu'il aura fini.

Quelques minutes plus tard, deux agents l'amenèrent

en le tenant dans leurs bras. Ils le posèrent sur la chaise en face du bureau du chef et se mirent au garde-à-vous.

– Vous pouvez disposer, dit Marin Lebref, je n'ai plus besoin de vous.

Il garda le silence un bon moment et observa longuement cette créature-là. Au début, sa vue lui inspira de la répulsion, mais l'exercice de son métier lui avait appris à se maîtriser dans des cas pareils, surtout face aux prévenus. Il examina ses yeux mi-clos, sa tête trop grosse par rapport au buste, ses membres rabougris, son ventre gonflé et se rendit compte que cette créature était du sexe masculin. Puis son regard s'attarda sur la membrane blanche, crevée par endroits, qui l'enveloppait.

Entre-temps, l'Autre aussi avait regardé Marin Lebref et son bureau avec étonnement, bien qu'il eût déjà entendu parler de ce genre de bureau. Tout compte fait, Marin Lebref ne lui sembla pas méchant. Il avait un visage régulier, un regard doux et des lèvres bien dessinées.

Marin Lebref se rappela qu'il devait rompre le silence, ne serait-ce qu'en posant les questions banales propres à tout interrogatoire :

– Votre nom ? dit-il d'une voix grave et sur un ton à moitié tranchant.

– Je n'en ai pas, dit l'Autre d'une voix très aiguë.

Marin Lebref rit dans sa barbe :

– Votre nom, s'il vous plaît, répéta-t-il.

– Je n'en ai pas, dit l'Autre de la même voix.

Le chef regarda encore une fois les pieds du type assis qui n'arrivaient pas à toucher le plancher, et pensa recommencer en lui posant la seconde question de ce type d'interrogatoire :

– Votre date de naissance ?

– Je n'en ai pas.

– Je vous prie d'être sérieux et de ne pas oublier que vous vous trouvez dans une station de police.

Marin Lebref avait déjà pris un air sévère :

– Vos date et lieu de naissance sans perdre temps, car nous devons encore parler d'autres choses.

– Je vous l'ai déjà dit, je n'en ai pas. Quelqu'un qui n'a pas de date de naissance, ne peut avoir ni lieu de naissance, ni nom.

Cette fois, il avait parlé très vite d'une voix encore plus aiguë. Ses paroles agglutinées semblaient avoir dénaturé sa voix.

Pour la première fois de sa vie de policier, Marin Lebref commença à perdre patience en début d'interrogatoire. Il ne comprenait pas comment un être aussi inférieur pouvait répondre de cette manière. Mais son flair de policier compétent lui dictait la plus grande prudence. Il était évident qu'il avait devant lui une créature vraiment bizarre, aussi, petit à petit, trouva-t-il naturel que ses réponses également fussent bizarres. Il reprit donc sur un ton tout à fait calme :

– Je vous en prie, je suis le chef de police de cet arrondissement, je m'appelle Marin Lebref et il est de mon devoir de vous poser quelques questions car il y a des formalités à remplir. C'est là une simple procédure à suivre, d'ailleurs tout à fait normale. Je vous en prie.

Apparemment, la créature en face fut plutôt touchée par ce ton si calme et humain, peut-être parce qu'elle entendait pour la première fois de son existence quelqu'un lui parler ainsi. Elle repensa à l'injonction « Halte ! » et aux autres cris poussés par ses poursuivants pendant ces journées horribles, et se mit à parler avec douceur. Marin Lebref eut l'impression que sa voix devenait moins aiguë :

– Monsieur le chef ! J'étais sincère tout à l'heure quand je vous ai dit n'avoir ni nom, ni date de naissance, ni, naturellement, lieu de naissance. Ne soyez pas surpris. Vous êtes le premier à apprendre de ma bouche que je suis un être humain, ou quelque chose de semblable, venu au monde avant terme, un avorton, si vous voulez. Voilà toute mon histoire, je n'ai plus rien à ajouter. Pendant quelques jours, j'ai erré comme un fantôme par les rues, cherchant à survivre et si je vous ai fuis, vous et vos hommes, c'est que j'avais peur tout simplement. Puis, je me suis presque évanoui pour n'avoir rien mangé et vous m'avez retrouvé. C'est tout.

Marin Lebref sentit que ses yeux ne cessaient de s'écarquiller et, quand l'Autre se tut, il eut l'impression d'avoir l'air idiot. Il ne dit plus rien. Au prix d'un pénible effort, il essaya de prendre un air normal et y parvint seulement lorsqu'il réalisa que le meilleur moyen de s'en sortir, c'était, pour l'instant, de faire venir le médecin. Il décrocha le combiné d'une main légèrement tremblante et donna l'ordre d'aller chercher le médecin du commissariat.

10

Le médecin passa l'après-midi à examiner l'Autre et à faire faire des analyses au laboratoire. Celui-ci était très sage et patient. Le soir, il eut l'air quelque peu excédé et sceptique, surtout quand il se vit entouré par un groupe de médecins, les meilleurs de la ville.

Le médecin avait déjà fait part de son étonnement à ses confrères dès qu'ils leur avaient téléphoné, si bien que ceux-ci s'attendaient déjà à voir quelque chose d'intéressant. Toutefois, malgré leur flair, ils étaient à mille lieues de croire que celui qu'ils verraient serait l'individu suspect et spécialement recherché de la banlieue est. Ils étaient donc tous arrivés presque en même temps et avaient d'abord suivi l'exposé du médecin du commissariat. Ils avaient ensuite examiné l'Autre sous tous les aspects possibles et imaginables, d'autant plus que son cas était unique non seulement dans leur pratique, mais encore dans la littérature médicale étrangère qu'ils avaient consultée jusque-là. Après force gestes interrompus – lèvres pincées, lèvres retroussées, yeux écarquillés à la limite théorique du possible, nez allongés, oreilles dressées, joues arrondies sous la pression de l'air comprimé, veines jugulaires gonflées et bien d'autres distorsions faciales –, les médecins finirent par souscrire à ce que leur avait dit au début, certes avec incertitude, leur confrère du commissariat : il s'agissait d'un enfant venu au monde cinq mois avant terme, par suite d'un avortement pratiqué ailleurs qu'à l'hôpital.

Ils passèrent deux bonnes heures à trouver les termes nécessaires pour formuler cette conclusion. En fait, aucun d'eux n'en fut entièrement satisfait, mais personne n'avait rien de mieux à proposer. Ils savaient tous que c'étaient là les termes les plus précis parmi tous les termes imprécis qu'ils avaient passés en revue.

Ils s'en allèrent perplexes, tandis que le médecin du commissariat courut chez Marin Lebref. Ce dernier l'attendait, affichant le même air idiot. Au moment où le médecin allait sortir, après avoir remis au chef son rapport d'expertise médico-légale, l'agent de service introduisit sans l'annoncer un inconnu qu'il présenta comme témoin de l'affaire toute récente.

– Il a apporté un objet important qu'il a trouvé sur le lieu de l'arrestation, dit l'agent en posant sur le bureau du chef quelque chose comme un paquet enveloppé dans un bout de journal.

Marin Lebref l'ouvrit. Le médecin qui était encore à ses côtés, vit aussitôt de quoi il s'agissait et dit :

– C'est le cordon ombilical de l'Autre.

11

Toute la ville était déjà au courant de la capture du type recherché, même ceux qui en avait ignoré jusque-là l'existence. Les gens attendaient impatiemment de lire les journaux, d'écouter les nouvelles à la radio ou de regarder les informations à la télévision. *Le Messager*, *Le Journal du dimanche*, *De Temps en temps* et *Le Voyou*, ainsi que deux ou trois autres journaux de moindre importance, avaient envoyé leurs correspondants dès le lendemain matin au commissariat de police. On s'attendait, de la part du commissaire, à une conférence de presse, qui fut reportée à maintes reprises. Enfin, à midi, le commissaire entra dans la grande salle de son commissariat.

Il commença par brosser un tableau rapide, mais détaillé de la situation, puis il finit par déclarer, dans une phrase très coulante, qu'au fond la police avait essuyé un échec, mais que cela lui arrivait pour la première fois. Le commissaire avait bien pesé chacune de ses paroles pour éviter de déchaîner l'hilarité de la salle au moment où les journalistes et les autres apprendraient que tous, depuis le simple agent de police du début de cette histoire jusqu'au ministre de l'Intérieur lui-même, en passant par le chef de police de l'arrondissement concerné, l'escadron spécial envoyé par ce dernier et le groupe de policiers armés en civil, avaient passé plusieurs jours à traquer « un enfant venu au monde cinq mois avant terme, par suite d'un avortement pratiqué ailleurs qu'à l'hôpital ».

En fait, ce fut peine perdue : dans la salle l'hilarité fut irrésistible. Tous, correspondants et journalistes, cameramen et photographes, riaient à gorge déployée. Même les deux agents qui se tenaient immobiles des deux côtés de la porte, après s'en être retenus avec force contractions pénibles, finirent par pouffer de rire.

Dans ce climat, le commissaire se creusa la tête davantage et, après une tension nerveuse des plus éprouvantes, annonça en guise de conclusion :

– Compte tenu de la situation pas du tout agréable dans laquelle se trouve la police de notre ville, son commandement a décidé de relever monsieur Marin Lebref de ses fonctions de chef de police de la banlieue est.

Les journalistes ne furent nullement impressionnés par cette dernière nouvelle qui leur sembla comme calquée sur le modèle de certains clichés tels que « Lavez-vous les mains avant de vous mettre au travail », « Le travail, c'est la santé » et « La santé est le bien le plus précieux ».

12

Dans la rue, deux femmes se retournèrent, étonnées, sur le passage de Mark Lamairie qui avait relâché le nœud de sa cravate. Il avait une mine défaite et deux mèches de cheveux lui retombaient sur le front. Il rasait les murs, le dos voûté et les yeux baissés.

Il pénétra chez lui et, épuisé, s'affala sur le premier siège qu'il vit à côté de la porte. Il resta un bon moment immobile, mais, à la fin, il fit un effort et décrocha le téléphone.

– Je suis rentré et je t'attends. Fais vite... je t'en prie, dit-il d'une voix saccadée.

– J'arrive. Je terminerai demain ce que j'ai sous la main, dit Liza Kopi à l'autre bout du fil.

En fait, elle ne tarda pas à le rejoindre. Mark Lamairie la vit enlever ses chaussures marron et souples en s'aidant de ses pieds, puis chausser ses pantoufles légères et montrer le bas de ses cuisses en se haussant pour accrocher sa veste. L'espace d'un instant, il se rappela tous les mots fous qu'ils se disaient en faisant l'amour, leur code secret de communication à ce sujet et la fameuse boutade qu'il avait lâchée deux jours après leur premier rendez-vous. Ç'avait été une boutade extraordinaire, un trait fantaisiste, jailli de sa bouche plutôt que de son esprit. « J'aurais voulu être à la place de ton slip », lui avait-il dit au moment où Liza sortait de chez lui pour la deuxième fois de sa vie. Il se souvint de son rire fantastique, qui l'avait inondé de la blancheur de ses dents, mais... sans plus.

Il se rendit compte qu'elle s'était approchée et l'examinait avec étonnement. Il décida d'entrer aussitôt dans le vif du sujet.

– Je ne sais pas si tu es au courant, mais on l'a pris, ce type... tu sais, celui qui, depuis une semaine, était recherché par la police et dont tout le monde parlait.

– Oui, j'ai su qu'on l'avait pris, mais c'est tout, répondit Liza froidement. Personne n'est venu aujourd'hui dans mon bureau.

– Il s'agit d'un avorton de quatre mois ou, comme le précise le rapport d'expertise médico-légale, d'un enfant venu au monde cinq mois avant terme, poursuivit Mark à mi-voix.

Liza Kopi laissa soudain échapper un petit cri qui déchira le silence comme une lame qui raye une surface dure et polie.

– Mon Dieu ! fit-elle.

– Mais il doit y avoir qui sait combien de femmes enceintes de quatre mois qui se sont fait avorter il y a une semaine, dit Mark rapidement, avant d'ajouter :

– En fait, je t'ai fait venir pour t'avoir à mes côtés, craignant qu'on ne te raconte n'importe quoi à ce propos.

– C'est terrible, dit Liza avant de se diriger vers la fenêtre.

Se sentant plutôt soulagé, Mark se renversa sur sa chaise, silencieux.

– Mais comment est-ce possible ? Un avorton qui marcherait tout seul ? Sornettes ! reprit Liza en rompant le silence, sur le ton de celui qui vient de faire une découverte importante.

– Mais voilà que c'est possible. Il est là, au poste de police, en chair et os. Les policiers lui achètent du lait chaque matin et lui font prendre un bain chaque soir. Il a été examiné par les meilleurs médecins de la ville.

– Si ç'avait été quelqu'un d'autre à me le dire, fit Liza, j'aurais éclaté de rire.

Mark se leva et gagna leur chambre à coucher. Liza était restée debout, à la fenêtre, l'air figé.

13

Luka se tenait dans un coin du *Lux*, une tasse de café devant lui, et lisait à haute voix à Pjetër l'éditorial du journal *De temps en temps*.

– Ecoute, ça, c'est le bouquet, cria-t-il, ils veulent absolument nous faire croire que c'est une histoire d'avorton. Les salauds ! On n'est pas des avortons, nous autres, et encore moins celui qui en a fait voir de toutes les couleurs à tout un quartier et qui donné du fil à retordre à toute la police. Ce type-là serait un avorton, alors que nous, qui n'osons pas contredire un flic dans la rue, nous ne serions pas des avortons. Quelle comédie !

Luka continuait de lire l'éditorial et d'échanger de temps en temps des répliques avec Pjetër. C'était encore tôt et dans le bar il n'y avait pas grand-monde. Les habitués affluaient vers onze heures, après avoir commencé leur journée de travail. Le premier à arriver après Luka, ce fut Bik, un écrivain téméraire. Ensuite, on vit apparaître R.S., Z.K., K.D. et A.D. Ils entrèrent presque à la queue leu leu, les yeux encore lourds de sommeil.

– L'homme s'occupe davantage de l'existence de ses semblables que de la sienne propre, dit Bik après avoir entendu Luka jusqu'au bout ou, plus exactement, quand celui-ci eut fini sa lecture à haute voix, de nombreuses théories le démontrent bien.

– Ce n'est pas tout, enchaîna K.D., l'homme n'a presque rien à voir avec lui-même.

– Personne ne saurait dire qui a lancé le premier telle ou telle idée dont on discute dans les cafés, ajouta Z.K.

– Notre malheur, c'est que nous ne pouvons nous occuper que des autres, dit A.D.

– Ce qui signifie, selon les théories évoquées par Bik, que ce n'est pas nous qui nous occupons des autres, mais les autres qui s'occupent de nous, déclara R.S., en ouvrant ainsi un débat assez tortueux.

On leur avait servi le café et tous lançaient de temps en temps des idées fort intéressantes. Ensuite, la conversation porta essentiellement sur l'avortement et tous furent unanimes à conclure qu'un avortement moral était plus compromettant qu'un avortement au sens propre du terme. Ils mirent un terme à leur discussion vers midi, lorsqu'ils virent arriver toutes sortes d'étudiants et d'élèves de terminale qui ne devaient pas entendre de leur bouche des propos pareils.

Les étudiants et les élèves de terminale commandèrent chacun un cappuccino, une boisson considérée depuis peu comme un moyen d'intégration léger, bon marché et efficace. Puis ils se concentrèrent pour la nième fois afin d'écouter Armstrong chanter son fameux tube *What a wonderful word !*

14

On prenait bien soin de l'Autre. Le plus obèse des policiers, un homme sur le retour de l'âge, père de cinq enfants, avait accepté de faire son service de nuit pendant une semaine. Il n'avait cessé de veiller à son chevet, lui avait fait régulièrement sa toilette et avait pourvu à tout ce dont il avait besoin. Au début, l'Autre avait certes refusé tout soin, mais le policier s'était vite aperçu qu'il était épuisé et avait besoin d'assistance. Ses collègues s'étaient donc cotisés pour lui acheter le nécessaire et, sur sa petite table, il y avait maintenant une douzaine de biberons et autant de fausses tétines. Dans la pièce, où il faisait bon, il y avait un lit à sommier plutôt creux, mais assez grand pour lui. Les policiers avaient apporté tout ce qui pouvait lui être utile. Il était un peu à l'étroit, mais les objets, surtout ceux en bois, lui procuraient un sentiment de bien-être.

Une semaine plus tard, il vit entrer le commissaire de police, qui, faisant semblant de sourire, lui annonça son transfert à l'hôpital, puisque là, les conditions de vie seraient bien meilleures pour lui. Par ailleurs, il avait besoin d'assistance médicale. Mais l'Autre, nerveux, sauta à bas de son lit et rappela au commissaire une des clauses les plus importantes de la Charte universelle des droits de l'homme, selon laquelle tout homme est libre de s'installer et de recevoir une éducation dans un endroit de son choix. Cette clause, ajouta-t-il, a été proposée par le deuxième concile du Vatican.

Le commissaire garda le silence un bon moment en s'en voulant d'être là. Il en voulut aussi à tous ceux qui se trouvaient mêlés à cette histoire. Il pensa à la recommandation que le ministre de l'Intérieur lui avait donnée hier au téléphone de satisfaire à toutes les demandes de l'Autre. Et il lui posa la question suivante :

– Bon, alors ! Mais où comptez-vous vous installer et recevoir une éducation ?

– Je n'y ai pas encore pensé, répondit-il, mais, pour le moment, je crois que ce serait bien pour moi de vivre dans une bonne famille du centre-ville, ajoutant aussitôt d'un ton tranchant :

– Je n'arrive pas à gober les banlieusards.

Le commissaire ne s'attendait pas du tout à une réponse pareille, et le policier, qui se tenait au garde-à-vous, encore moins.

15

Marin Lebref regardait comme engourdi son fils en bas âge qui jouait dans sa chambre depuis le départ de la nourrice. Elle ne reviendrait peut-être plus, car, vraisemblablement, il n'aurait pas de quoi la payer. La garde de son enfant lui avait toujours coûté la moitié de son traitement. En fait c'était une bonne nourrice : avec elle, il n'avait jamais eu à se soucier de son fils. Ce jour-là encore, avant de partir, elle lui avait laissé entendre qu'elle pouvait continuer à garder le petit, même à titre gratuit. Mais il ne fit que la remercier, car il était sûr de n'avoir plus un besoin urgent de ses services.

Maintenant il ne pensait qu'à trouver une solution au problème de son fils, mais tout le poussait à le confier définitivement à sa mère, son ancienne épouse. Cette idée l'éprouvait cruellement. A vrai dire, à cause de son travail, il s'était peu occupé de son enfant, mais quand il était resté près de lui, il n'avait eu d'yeux que pour lui. Ils dormaient tous les deux dans le même lit, notamment en hiver, quand son petit se blottissait contre sa poitrine. Il était douloureusement obsédé par l'idée qu'ils devraient bientôt se séparer. D'autre part, cette maudite ville avait de ces habitudes insensées ;

par exemple, le divorce n'y était pas vu comme une simple interruption de la vie conjugale, mais comme une rupture totale, irréversible, parcourue par la grosse corde de la haine, qui signifiait une absence complète de communication non seulement entre les anciens conjoints, mais aussi entre leurs proches, leurs cousins et leurs amis. Il s'en fallait de fort peu pour que ceux qui avaient passé tant d'années sous le même toit, à la même table et dans le même lit, ne deviennent des ennemis mortels. Jusque-là, son ex-femme ne venait voir son fils et le promener que l'après-midi, quand Marin Lebref était de service. Elle connaissait par cœur ses horaires et il ne leur était jamais arrivé de se rencontrer, ne serait-ce que l'espace d'une seconde… Lui aussi, il avait toujours pris soin de parer à une éventualité pareille. Mais maintenant une entrevue leur était inévitable. Elle devait lui faire cette concession pour le bien de leur fils. Après y avoir longuement réfléchi, Marin Lebref commença à s'habituer à cette idée.

16

Bien qu'assaillis de nombreux doutes et très préoccupés, ils décidèrent enfin d'aller le voir. C'était Liza qui avait insisté davantage. Pour la première fois de leur vie, ils passaient de longues heures à rester couchés sur le dos, les bras croisés sous la nuque. Ils étaient à mille lieues de vouloir faire l'amour. A chaque instant, le mécanisme parfait qui faisait aller les choses chez eux, se détraquait un peu plus. Son ressort s'était cassé, plus exactement. Ils savaient bien ce que cela pouvait signifier.

Mais, à la fin, c'était Liza qui avait tranché et, chose inouïe, elle intima à son mari l'ordre de rendre visite à la pauvre créature. Incapable de la contredire, Mark lui obéit sans murmurer.

Il s'habilla simplement, choisissant une tenue presque décontractée, et partit le voir avant d'aller à son bureau. Il ne savait même pas s'il serait capable de travailler ce matin-là. Au moins en avait-il l'intention.

Certes, au commissariat tout le monde le connaissait. Il s'y rendait souvent pour des raisons professionnelles. Le policier obèse, les yeux rougis, insista pour que Mark n'entrât pas tant que l'Autre dormait.

– Quand doit-il se réveiller ? lui demanda Mark Lamairie.

– Normalement, dans deux heures, lui répondit le gros bonhomme après avoir peiné à lire l'heure sur sa montre de poche.

– Je voudrais juste lui jeter un coup d'œil, dit Mark d'une voix douce.

– Comment, un coup d'œil ? s'exclama l'autre qui savait fort bien que, une fois en face d'un prévenu, tout procureur lui faisait subir un interrogatoire qui pouvait durer des heures sans que personne n'osât les déranger.

– Oui, juste un coup d'œil, ça me suffit, répéta Mark Lamairie d'une voix encore plus douce.

Le policier, qui avait eu tant de mal à lire l'heure sur sa montre de poche, discerna sur le visage du procureur une expression d'extrême douceur confinant à la douleur, et, dans sa voix, un ton presque suppliant. Il fut donc touché dans son cœur devenu plus sensible ces derniers temps et, tel l'écuyer d'un chevalier, résuma toute sa noblesse d'âme dans le geste qu'il fit pour laisser passer Mark Lamairie le premier.

Ils entrèrent donc tous les deux dans la pièce (le policier s'était juré de ne permettre à personne d'y rester tout seul). Mark Lamairie s'approcha et observa le profil l'Autre. Il frémit aussitôt comme un cheval qui s'ébroue. Cela ne faisait pas l'ombre d'un doute :

la petite créature couchée sur le côté ressemblait, de profil, à sa femme, Liza Kopi. Ou, du moins, c'est l'impression qu'il eut à première vue, mais, même après, il en fut de même. De toute façon, Mark Lamairie finit par se ressaisir et sentit le ver du doute se glisser dans son esprit et se mettre à le ronger. C'était dû à sa profession. Il s'en rendit aussitôt compte.

– Pourriez-vous le retourner sur le dos, mais en faisant très attention ? demanda-t-il au policier en s'empressant d'ajouter : – Je vous aiderai, bien sûr.

Le policier n'avait plus le cœur à le contredire, du moment qu'il l'avait introduit dans la pièce, aussi se mit-il l'index sur les lèvres avant de dire :

– D'accord, mais tout doucement.

Ils le retournèrent avec tant de douceur, si prévenants, que même une mère de dix enfants les aurait enviés. Mark Lamairie pouvait maintenant le contempler de face. Il le dévisagea à maintes reprises, minutieusement. C'était évident. L'Autre était tout le portrait de Liza Kopi et, naturellement, son enfant à lui.

– C'est un garçon ?

– Oui, c'est un garçon, dit le policier, à voix haute déjà.

17

Après son entrevue avec l'Autre, le commissaire de police passa une période d'indécision. Il réfléchit longuement à la proposition ou à la décision de l'Autre de vivre dans une famille comme il faut du centre-ville, mais ne put aboutir à aucune conclusion. Car c'était impossible. Le pays vivait déjà à l'heure d'une démocratie consolidée et il était inconcevable d'envisager de le placer d'office dans une famille citadine. Tout ce qui lui semblait plausible, c'était de lancer un appel dans les médias pour que que tel ou tel habitant de la ville adoptât volontiers l'Autre ou, au moins, acceptât de prendre soin de lui. Au fond, cette idée n'était pas mauvaise. Il avait également consulté le ministre de l'Intérieur qui ne l'avait pas rejetée. Bien entendu, il n'en avait pas été enthousiasmé, mais enfin !

Après son entretien avec le ministre, le commissaire n'avait pas perdu son temps. Il s'était calé dans son fauteuil et avait dicté à sa secrétaire :

« Honorables citoyens,

Comme nous le savons tous, la personne recherchée dans la banlieue est a été appréhendée par les forces de la police. Elle se trouve actuellement en lieu sûr et ne présente aucun danger public. Bien au contraire, son état de santé ne cesse de s'améliorer et elle devient chaque jour plus intelligente. Fort de ces progrès, elle souhaite vivement vivre dans une des familles qui habitent au centre-ville. Son vœu est conforme à toutes les chartes universelles des droits de l'homme et aux obligations qui en découlent sur le plan international. Dans ce contexte, la police de votre ville vous prie, très respectables et honorables citoyens, de mettre la main sur la conscience et d'accepter cette merveilleuse créature au sein de votre famille. Dieu sera avec vous.

Le commissaire de la police »

Puis il avait donné l'ordre à sa secrétaire d'en faire un certain nombre de photocopies à distribuer d'urgence à tous les médias. Mais, dans le même temps, il ne croyait pas du tout qu'il y aurait quelqu'un d'assez fou pour répondre à son appel. Sa secrétaire avait, elle, fait preuve d'optimisme en disant qu'il y aurait peut-être un couple sans enfant ou à qui Dieu n'avait donné que des filles en grand nombre.

Quoi qu'il en fût, cet appel avait été aussitôt publié dans la presse et transmis par la radio et la télévision. A vrai dire, cela avait rappelé aux gens l'événement loufoque qui avait mis en émoi leur ville, contribuant ainsi à accroître leur bonne humeur et leur scepticisme quant aux capacités intellectuelles de la police.

18

Z.K. et K.D. s'étaient mis presque en même temps à calculer quand l'étrange créature aurait dû naître. Ils avaient demandé au patron du *Lux* de quoi écrire et, plus sérieux que jamais, s'évertuaient à dresser l'état civil du type en question. Mais ils n'y arrivaient pas. K.D. dit alors que l'unique piste à suivre serait de consulter le numéro du *Messager* où l'on avait annoncé l'apparition, pour la première fois en banlieue, de ce type-là. Par bonheur, R.S. et A.D. se montrèrent sur le pas de la porte juste à ce moment-là.

– Allez vite à la bibliothèque chercher le numéro du *Messager* qui parle de l'inconnu de la banlieue est, leur dit Z.K. sur un ton presque autoritaire.

R.S. et A.D. échangèrent un regard étonné et voulurent s'asseoir sans lui répondre.

– Je vous dis d'aller chercher ce journal, puisque on est arrivé à un point culminant, poursuivit Z.K.

– De quoi s'agit-il ? demanda enfin A.D.

– On cherche à déterminer à quelle date le type serait né, dit K.D. à mi-voix, mais on n'y arrivera pas sans le journal.

A.D. se leva sans rien dire et sortit. Sur le pas de la porte, il se retourna et lança :

– Le café, c'est vous qui me l'offrez.

R.S. se rapprocha lui aussi de la tablée et se mit

à regarder les gribouillages faits sur du papier d'emballage. Vouloir déterminer la date de naissance du fameux type, lui parut intéressant. Comme il n'entrevoyait aucune autre solution du problème, il souscrivit aussitôt, ce qui lui arrivait très rarement, à l'idée de consulter le journal.

A.D. revint peu après et dit que le journal en question était du 12 mars, c'est-à-dire postérieur de deux jours à la date de son apparition. Il voulait dire par là que l'avortement aurait dû avoir lieu le 10 mars.

Ils se mirent alors à faire leurs calculs en tenant compte de l'expression « un enfant venu au monde cinq mois avant terme » figurant dans le rapport d'expertise médico-légale ; ensuite, partant du 10 mars, ils remontèrent cinq mois pour aboutir au 10 août. Or, ils sentirent que quelque chose n'allait pas dans leurs calculs. Par exemple, devaient-ils compter trente jours pour chaque mois, ou trente pour les mois d'avril et de juin, et trente-et-un pour ceux de mai et de juillet ? Cela les préoccupa énormément, car il en résultait que le type aurait pu naître soit le 13, soit le 10 août. Par ailleurs, dans leur raisonnement, ils butaient aussi sur quelques autres difficultés. R.S. déclara que le type aurait pu faire apparition en banlieue quelques jours après que sa mère s'était fait avorter, si bien que leurs calculs manqueraient toujours de précision. De toute façon, après une longue discussion incertaine, ils convinrent de considérer le 10 mars comme le jour de sa venue au monde. Mais tout faillit être remis en cause par la question que posa brusquement A.D. :

– Et s'il avait dû naître deux mois avant terme ?

Tous demeurèrent interdits et ne firent que vider, silencieux, leur tasse de café.

– Cette probabilité est infime, dit enfin K.D., nous n'avons donc pas à la prendre en considération.

Là, Pjetër, tout oreilles depuis le début, intervint en

disant qu'il y avait même des enfants qui naissaient un mois avant terme, mais les autres furent unanimes à le contredire, car ils étaient sûrs que, même théoriquement, un pareil cas de figure était rare.

Ils se turent à nouveau, cette fois pendant un bon moment, tellement ils se sentaient fatigués par leur discussion.

– Tout compte fait, observa Z.K., l'exception confirme la règle et nous ne devons pas prendre en considération les exceptions. Ce type est lui-même une exception et il n'y a aucune raison pour y en ajouter d'autres.

Cela leur sembla être la meilleure remarque faite jusque-là et ils ne s'attardèrent plus sur ce sujet. Ils décidèrent donc que, normalement, le 10 août aurait dû être sa date de naissance.

19

Vingt jours après avoir été licencié, Marin Lebref se rendit réellement compte qu'il manquait d'argent même pour se nourrir. C'était cela, sa vie. Il n'avait jamais pu mettre un sou de côté et il n'avait non plus jamais pensé qu'il aurait dû faire des économies. Son traitement avait toujours été celui d'un petit fonctionnaire, des gens astucieux en avaient fixé le montant pour qu'un chef de police ne dépassât pas un certain niveau de vie. D'autre part, dans l'exercice de sa profession, il n'avait jamais pu se passer de cigarettes, d'un verre d'alcool pendant les froides nuits d'hiver. Enfin, Marin Lebref était un homme généreux. Il avait toujours répugné à l'idée que ses subalternes pussent lui offrir même un café. En fait, toute sa vie durant, il n'avait eu autour de lui que des gens pareils. Il avait rarement eu l'occasion de fréquenter ses supérieurs et n'avait pas rechercher leur compagnie.

Ce n'est donc que vingt jours après son licenciement qu'il se rendit à l'évidence : il devait confier son fils à sa mère. Ce soir-là, il l'arracha à ses jeux et le prit sur ses genoux. Il se mit à lui caresser les cheveux de sa grosse main et, pour la première fois après si longtemps, il lui parla de sa mère, de ses proches à elle, de sa maison à étage entourée d'une cour à grille, de son petit chien à poil long, de la margelle du vieux puits au milieu de la cour, de la marmaille qui jouait sur le terrain d'à côté, de la mer toute proche, des barques au bord de l'eau, et de toutes sortes d'histoires qui pouvaient arriver au milieu de tant de choses intéressantes.

Il s'aperçut, tout en parlant, qu'il serrait son fils toujours plus contre lui. Soudain, il se sentit fatigué. Il avait peine à respirer et s'aperçut que quelque chose comme une goutte d'eau lui glissait sur la joue. Il la toucha doucement et la cueillit sur son index. Puis, d'instinct, il porta la main aux yeux et comprit, pour y avoir rencontrer d'autres gouttes, qu'après tant d'années, il était en train de pleurer. Il voulut déplacer son fils, mais remarqua qu'il dormait déjà, blotti dans son giron, comme pendant certaines nuits d'hiver.

20

Ils avaient hâte de sortir de chez eux et mirent à peine dix minutes pour faire leur toilette et s'habiller. Liza Kopi se sentait épuisée et les cernes de ses yeux confinaient à ses pommettes. Même les professeurs de la Faculté s'étaient aperçus, en entrant dans son bureau, qu'elle n'était pas en forme. Quant à Mark Lamairie, les femmes de la grand-rue s'étaient déjà habituées à ne plus le voir tiré à quatre épingles. Pourtant, il les impressionnait encore et certaines d'entre elles disaient que, comme cela, il semblait encore plus sexy.

A peine rentré de sa visite au commissariat, Mark Lamairie avait dit à sa femme que l'enfant (c'est ainsi qu'il l'avait appelé) lui ressemblait à elle et que, tout bien considéré, ce devait être le leur. Ensuite, il s'était livré à quelques calculs qui lui avaient permis de remonter à peu près à l'époque où elle s'était fait avorter pour se débarrasser de l'enfant qu'ils avaient conçu accidentellement. Le seul point sur lequel Liza le contredisait, c'était qu'elle s'était fait avorter à l'hôpital et non pas chez une faiseuse d'anges, comme le laissait entendre le rapport d'expertise médico-légale. En outre, ç'avait été une interruption de grossesse tout à fait légale, qui avait eu lieu quatre ou cinq jours après la promulgation, par le parlement, de la loi sur l'avortement. Mais Mark Lamairie s'était efforcé de la convaincre qu'une expertise n'était pas parole d'évangile et que, par son expérience longue de plusieurs années, il connaissait des centaines de cas où des données plus sûres, des faits têtus avaient démenti les résultats des meilleures expertises médico-légales. D'autre part, avait-il précisé, l'hôpital où elle s'était fait avorter, se trouvait justement en banlieue et Dieu seul savait ce qu'on y faisait des avortons.

L'esprit éprouvé de Liza Kopi était complètement impuissant à soutenir de pareils débats. Elle avait donc fini, sans opposer la moindre résistance féminine, par s'écrouler dans un coin de la chambre ; après un bon moment, elle avait tendu la main pour prendre le journal qui avait publié le communiqué de la police. Mari et femme l'avaient relu pour la nième fois et, à chaque relecture, Mark Lamairie pensait à la petite créature qu'il avait vue dormir tantôt sur le côté, tantôt sur le dos.

Il n'était plus question chez eux de faire l'amour. Ils passaient leurs nuits au même rythme que les vieilles locomotives à vapeur ou en haletant comme des haridelles effarouchées. D'habitude, Mark s'endormait aussitôt pour se réveiller aux premières lueurs de l'aube, juste au moment où Liza succombait enfin au sommeil. D'une certaine manière, chacun pouvait regarder l'autre dormir et gérer tout seul son angoisse. L'après-midi, ils ne recevaient personne et, bientôt, leurs amis se rendirent compte qu'il était plus raisonnable de ne pas les déranger.

C'est seulement plusieurs jours plus tard, un matin où, chacun de son côté, ils avaient décidé de ne pas aller à leur bureau, que Mark Lamairie dit dans le vestibule de sa voix de basse :

– On l'amène chez nous !

Liza, brûlant d'impatience, comme les jeunes filles qui, à peine ont-elles entendu les mots « Je t'aime » de la bouche de leur bon ami adoré, répondent sur-le-champ « Je t'aime, moi aussi », avait aussitôt répliqué :

– Oui, on l'amène !

Ils s'approchèrent spontanément l'un de l'autre pour se rejoindre sur le pas de la porte.

– Ce sera pour demain, dit Liza, parce qu'aujourd'hui je ferai le ménage et je préparerai tout.

– C'est entendu, demain, répondit Mark et il la prit doucement, très doucement, par la taille, comme si c'était la première fois.

21

Au *Lux* les affaires allaient de mal en pis et, depuis longtemps, Pjetër pensait déposer son bilan. Du moins pour un certain temps. L'été, le vrai, était là et les étudiants comme les bacheliers étaient rentrés chez eux ou fréquentaient déjà chaque jour les plages. Les faux habitués, qui constituaient la majorité des clients, avaient eux aussi disparu à peu d'exceptions près. Seuls venaient les habitués fidèles, obligeant parfois tel ou tel de leurs amis à les suivre. Luka aussi, se montrait rarement. Non qu'il eût renoncé à fréquenter les bars, mais il préférait les cafés à terrasse ou à jardin, où mille possibilités s'offraient à lui pour contempler toutes sortes de cuisses fantastiques.

Seuls R.S., Z.K., K.D. et A.D. venaient chaque jour à la même heure, comme s'ils se livraient à un rituel de tribus païennes. Les autres, c'étaient des clients de passage. Mais eux aussi, sachant apparemment qu'on n'y buvait que du café, ne se hasardaient à commander ni boissons raffraîchissantes, ni thé au citron, ni cappuccino, et encore moins biscuits ou cigarettes. Cela ne pouvait plus durer. Le fisc n'omettait jamais, au début du mois, de réclamer ce que cafetier lui devait, de même que la compagnie d'électricité.

Un jour, Pjetër avait failli envoyer son poing dans la figure d'un adolescent inconnu, qui, plusieurs feuillets à la main, était venu lui demander de sponsoriser la publication de son premier recueil de poèmes. Heureusement, K.D. s'était trouvé là et il avait fait un bond pour lui arracher des mains le jeune garçon.

Le *Lux* ferma à la fin de juillet. Mais, fort de l'instinct de l'homme qui ne se rend pas facilement, Pjetër avait accroché derrière la porte vitrée un écriteau en carton d'emballage : « *Fermé pendant les vacances* ».

22

Il fut très surpris d'apprendre qu'une famille habitant au centre-ville voulait bien l'adopter. Il n'avait jamais cru à cette éventualité, même si, confiant dans ce qu'il faisait, il avait fait part de son intention au commissaire sur un ton tranchant. C'est son ami, le gros policier, qui lui apprit la nouvelle. Celui-ci, la mine défaite, était entré dans sa chambre pour tout lui dire sans quitter sa montre des yeux. Puis, il s'était assis au coin de son lit et avait ajouté, les yeux presque en larmes, que le mieux, c'eût été que ce fût lui-même à l'adopter, mais que, par malchance, il avait déjà cinq enfants, son traitement était insuffisant, sa femme sans travail et, pour comble de malheur, il habitait en banlieue. L'Autre se montra très compréhensif et tâcha de rassurer le gros bonhomme en lui disant qu'ils se reverraient, qu'il pouvait venir lui rendre visite à tout moment et que leur amitié s'épanouirait normalement. C'est seulement après un long silence, qu'il demanda au policier :

– Mais qui est-ce qui m'adoptera ?

– Ah, oui, fit le policier, j'allais oublier. C'est Mark Lamairie, un procureur, homme distingué. De lui, on ne dit pas de bien, ni de mal non plus, mais du moment qu'il a décidé de combler ton vœu, c'est sûrement une personne digne de louanges. Quant à sa femme, elle est avenante (là, le gros bonhomme eut la moustache frémissante), ordonnée et je pense qu'elle sera une bonne mère pour toi.

– Et leurs enfants ? demanda à nouveau l'Autre.

– Leurs enfants ? Ils... ils n'ont pas d'enfants... c'est toi qui seras leur enfant. Ce n'est pas merveilleux ?

Mais le visage de l'Autre s'étaient déjà rembruni légèrement à l'idée qu'il pourrait avoir du mal à s'entendre avec des gens n'ayant pas d'enfants. Juste à ce moment-là, on frappa à la porte. Le gros bonhomme se redressa aussitôt, remit son képi et se dépêcha d'ouvrir. Il se trouva face à Mark Lamairie et aperçut, au bout du couloir, la silhouette de Liza Kopi.

– Veuillez patienter une minute, dit-il, le temps que je l'habille.

Il rentra, referma la porte et dit à l'Autre :

– Ils sont là. Maintenant, on se lève tout doucement, on s'habille et je t'accompagne à la cour. Tu es d'accord ?

– D'accord, répondit l'Autre.

Une fois dehors, il vit une file de policiers dans l'escalier qui l'embrassèrent sur le front et dont le dernier lui remit une grosse boîte – c'était leur cadeau – que le gros policier l'aida à porter. Ce dernier se rappela alors que la seule chose qui lui était sortie de l'esprit, c'était de lui faire un cadeau, lui aussi. Il n'hésita pas une seconde, introduisit trois doigts dans son gousset et en tira sa montre.

– Tiens, un souvenir de moi, dit-il et lui en passa la chaîne autour du cou.

Puis, devant la portière ouverte du taxi qu'avait fait venir Mark Lamairie, il l'embrassa sur le front et lui souhaita bonne chance.

23

Il rentra chez lui précipitamment, avec le sentiment d'être suivi. Il n'avait pas tourné la tête une seule fois sur son chemin, pourtant il avait senti que quelqu'un le suivait au même pas que lui. Il avait parcouru les cinq cents derniers mètres presque en courant et l'ombre aussi, qui ne le quittait pas d'une semelle. Il referma la porte d'entrée sans tourner la tête. Il prit ensuite un petit miroir et regarda dans son dos à travers la grande glace du vestibule. Puis, il fouilla dans une valise au-dessus de sa garde-robe et en sortit un gros pistolet automatique de fabrication américaine, qu'il avait subtilisé dans le dépôt d'armes de la station de police. C'était l'unique objet qu'il avait dérobé dans sa vie et, malheureusement, le seul souvenir de sa longue carrière – presque vingt ans – de policier. Il vivait dans un pays où les gens ne pouvaient avoir comme souvenir de leur travail que des objets volés ou des tableaux d'honneur. Marin Lebref n'avait donc, à ce titre, que ce pistolet.

Il le glissa sous son oreiller, enleva sa veste, se déchaussa et enfila son short. Il reprit son pistolet, alla à la porte de son appartement, s'adossa au mur, puis, brusquement, se roula sur le plancher pour s'arrêter au coin opposé, tenant son pistolet chargé de ses deux mains immobiles tendues en avant et le braquant sur la porte. Il refit plusieurs fois cet exercice jusqu'au moment où il commença à se sentir fatigué. Il transpirait à grosses gouttes et percevait l'écho de son halètement dans l'appartement vide. Puis, il eut subitement très faim. Il rafla ce qu'il trouva dans le garde-manger. Debout, il ingurgita le tout et le garde-manger retentit de sa respiration. Ce qui restait au fond de la bouteille de cognac, il préféra le boire assis. Il saisit le premier verre qu'il aperçut, le remplit et s'affala sur l'unique siège face à la porte de la chambre de son fils. Le petit se trouvait maintenant chez sa mère et Marin Lebref fit de son mieux pour ne pas penser au moment de leur séparation. C'était impossible. Il sentit les gouttes de sueur et les larmes lui sillonner le visage. Ensuite une larme, ou une goutte de sueur, se détacha de son menton pour tomber dans son verre de cognac à moitié vide avec un petit écho sinistre. Jamais sa solitude n'avait ainsi épousée, sous forme de goutte, une surface liquide aussi lisse et lustrée. Ce fut un « ou », léger au début, qui se propagea, multiplié à l'infini : ou-ou-ou-ou-ou-ou-ou-ou-ou-ou-ou-ou-ou-ou-ou-ou-ou-ou-ou-ou-ou-ou-ou-ou-ou ; ensuite il se transforma en « a », comme un œil écarquillé : a-a-a-a-a-a-a-a-a-a-a-a-a-a-a-a-a-a-a-a-a-a-a-a-a-a-a-a-a-a-a-a-a-a-a-a-a-a-a-a-a-a-a-a-a, suivi aussitôt d'un « i » moqueur : i-i-i-i-i-i-i-i-i-i-i-i-i-i-i-i-i-i-i- i-i-i-i-i-i-i-i-i-i-i-i-i-i-i-i-i-i- i-i-i-i-i-i-i-i-i-i-i-i-i-i-i-i-i-i-i, pour devenir enfin un « h » : h-h-h-h-h-h-h-h-h-h-h-h-h-h-h-h-h-h-h-h-h-h-h-h-h-h-h-h-h-h-h-h-h-h-h-h-h-h-h-h.

Marin Lebref se secoua une dernière fois. Il regarda le soleil couchant et la lumière crépusculaire qui filtrait par la fenêtre. Il bu les dernières gouttes de la bouteille de cognac et se mit au balcon. A sa vue s'offrait le même paysage, celui de toujours : ruelles tortueuses qui se nouaient et se dénouaient par endroits ; poteaux électriques en bois supportant avec peine la toile que tissaient leurs nombreux fils ; jardins remplis de tuteurs contre lesquels s'appuyaient des tomates aux feuilles jaunies entourées de tuyaux d'arrosage semblables à des serpents. Dans un de ces jardins, il put apercevoir un vieil ami à lui, sur le retour de l'âge, qui bricolait à croupetons. Il eut envie de rire, comme cela, pour rien. Il regarda encore tout autour, distingua des choses encore plus petites que ce qu'il avait déjà vu et cria à tue-tête :

– Ohé, Kola ! ... Kola !

L'homme nommé Kola déposa son petit outil par terre et tendit le cou pour voir qui l'avait appelé. Marin Lebref agitait vigoureusement la main, bondissant sur son balcon et criant encore : « Kola, Kola ! ». L'autre finit par l'apercevoir et lui fit un signe interrogatif de la main.

– Pourquoi ? cria Marin Lebref, Pourquoi ?

Une seconde après, il entendit la voix enrouée de Kola :

– Comment ?

Marin Lebref répéta trois fois sa question.

Kola entendit enfin sa question, mais n'arriva pas à en saisir la signification :

– Comment, pourquoi ? cria-t-il à son tour.

– Pourquoi donc ? A quoi bon ? poursuivit Marin Lebref, comme s'il s'adressait à lui-même.

Mais déjà, ne faisant plus attention à lui, Kola lui fit encore un signe de la main, l'air de vouloir dire « Nous en reparlerons demain », s'accroupit, reprit son outil en hochant légèrement la tête.

Marin Lebref fut pris d'une crise de fou rire en voyant Kola accroupi qui ressemblait à une fourmi trop petite pour son grand jardin. Il put souffler un peu seulement quand il se mit à répéter toujours plus bas : « Le pauvre Kola, le ... pauvre... Kola, le... » Il quitta le balcon, regarda un à un tous les objets autour de lui, mais ils ne lui disaient plus rien. Bien sûr, il ne s'attendait pas à ce qu'ils lui parlent, mais au moins qu'ils lui rappellent quelque chose. Rien. Le soleil avait disparu derrière la montagne qui, depuis un temps immémorial, bousculait la ville et l'étouffait, alors que la lumière crépusculaire devenait de plus en plus sombre. Il eut envie d'uriner et ce fut sans nul doute pour lui la sensation la plus profonde du moment. Il s'en réjouit, car cela lui parut être ce qu'il avait de mieux à faire, et s'exécuta. Ensuite, il se coucha et une demi-heure après se rendit compte que ce qui le gênait sous l'oreiller, c'était son pistolet. Il se suicida à l'aube.

24

La maison de Mark Lamairie devint, dès le lendemain de l'arrivée de l'Autre, un lieu de pèlerinage. Toutes sortes de gens venaient présenter leurs vœux. Les premiers à franchir le seuil avaient été les voisins. Ils avaient frappé à la porte et dit aussitôt qu'ils venaient voir le bébé et féliciter ses parents. Y affluèrent ensuite des collègues de Liza et de Mark, nombre de leurs cousins proches et lointains. Les autres visiteurs, ce furent des hommes d'Etat, des officiels de haut rang, des représentants de partis politiques, de fondations, d'organismes de bienfaisance, d'organisations internationales comme l'UNICEF, la FAO et le CUM, qui avaient des délégations permanentes dans la ville, ainsi que des représentants des trois communautés religieuses les plus importantes, sans oublier ceux des Baha'i, des Témoins de Jéhovah, de l'Eglise du Christ et de l'Eglise du Samedi, entre autres. Les représentants de toutes ces institutions religieuses étaient venus très nombreux afin de congratuler chaleureusement ce couple qui avait eu le grand courage civique de secourir un futur concitoyen, une innocente créature, un présent du Ciel, un enfant qui deviendrait citoyen de l'Europe unie, etc., etc. Les épithètes employées variaient en fonction de la place qu'ils occupaient dans leurs hiérarchies. Il y eut également une troisième catégorie de visiteurs venus autant dire d'un ailleurs problématique, qu'on n'avait jamais vus ni connus, qui, poussés par une curiosité excessive, se donnaient rendez-vous sur différentes places de la ville, se cotiser dans la mesure de leurs modestes moyens, achetaient des cadeaux et se hâtaient d'aller chez Mark Lamairie. Souvent, il arrivait aux groupes de visiteurs de se croiser dans la rue, de s'interpénétrer même, créant ainsi un effet de mosaïque.

Mark Lamairie n'osait surtout pas manifester le moindre sentiment de gêne face à cette invasion de visiteurs. Liza non plus. Ils se contentaient de se tenir au bout de leur vestibule, alors que les gens, installés en maîtres dans toutes les pièces de leur maison, se délectaient à causer les uns avec les autres.

25

L'Autre avait refusé de se montrer avant que la foule des visiteurs ne s'en allât, ou, pour être plus précis, avant qu'elle ne s'éclaircît. Il restait dans sa chambre à laquelle seuls Liza Kopi et Mark Lamairie avaient accès. Ils se méfiait de la foule. Cette allergie qu'il avait contractée en banlieue, résurgissait en lui de temps en temps, surtout quand il entendait des voix féminines.

Pendant les dix premiers jours du mois d'août, le nombre de visiteurs avait sensiblement diminué ; maintenant ne venaient plus que des femmes qui, profitant de l'événement, étaient heureuses de voir de près Mark Lamairie, leur ancienne idole, ou des hommes – bacheliers, étudiants et hommes âgés – désireux de contempler de près la beauté de Liza Kopi. Mais il y en avait qui venaient plutôt parler avec Mark d'affaires judiciaires, ou avec Liza d'inscriptions à la Faculté des Lettres. L'Autre se méfiait de moins en moins de cette catégorie de visiteurs pour la bonne raison que leur regard ne s'attardait pas du tout sur lui.

Le 10 août, vers huit heures du matin, R.S., Z.K., K.D. et A.D. vinrent frapper chez Mark Lamairie. Ils avaient l'air si fatigués que Mark, en leur ouvrant, faillit ne pas les reconnaître. C'étaient ses amis d'autrefois, mais cela faisait peut-être des années qu'ils ne s'étaient pas vus d'aussi près.

– Comment allez-vous ? dit Mark. Entrez, donc.

– Non, merci, répondit R.S. d'une voix caverneuse, ce n'est pas pour vous rendre visite comme les autres que nous sommes là.

Mark fut frappé par cette réponse quelque peu saugrenue de ses vieux amis.

– Nous sommes tout simplement venus vous adresser toutes nos félicitations : votre bébé aurait dû naître aujourd'hui, dit K.D.

– Aujourd'hui ? bredouilla Mark.

– Oui, et nous lui souhaitons longue vie, que tous ses rêves deviennent réalité, dit A.D.

– Vous en êtes sûr ?

– De quoi, donc ? demanda Z.K.

– Qu'il aurait dû naître aujourd'hui ?

– Mais oui, crièrent-ils d'une seule et même voix. Nous avons fait tous les calculs nécessaires. Longue vie à votre fils !

– Vous allez absolument rentrer, dit Mark, Liza sera très heureuse de vous voir, notre fils aussi.

Ils n'hésitèrent plus et entrèrent. Ils virent et Liza, et l'Autre. Ils leur présentèrent leurs compliments et goûtèrent, pendant une dizaine de minutes, à l'étonnement de Liza, alors que l'Autre ne témoigna aucune marque de surprise. Dès qu'ils avaient évoqué le jour de sa naissance, il les avait regardés avec un profond dégoût.

– Avez-vous pensé à lui trouver un prénom ? demanda A.D. au couple.

Mais Mark et Liza n'eurent pas le temps d'ouvrir la bouche pour lui répondre, car l'Autre, s'étant détaché de leurs bras, plana un instant dans l'air pour disparaître à jamais.

www.ingramcontent.com/pod-product-compliance
Lightning Source LLC
LaVergne TN
LVHW040155080526
838202LV00042B/3167